KB098243

선물
2014. 11. 25

파워
POWER

파워
POWER

스윙스 지음

오늘 군대 간다.

- 저자 고유의 글맛을 살리기 위해 표기와 맞춤법은 저자의 스타일을 따른다.
- 도서명, 영화제목, 앨범명 등은 모두 〈 〉로 통일하였다.

꿈을 가지는 게 이상한 나이가 되어버린 사회에서 살고 있다.

집착을 버렸더니 정말 세상이 내 맘대로 돌아가는 것 같다는 생각이 들기까지 한다. '맘을 놓는 방법을 배워라 지훈아'라는 말을 어릴 때부터 많이 들었는데 전혀 이해 못하다가 이제야 조금 알 것 같다. 정말 원하고 가지고 싶었던 걸 그냥 '가라~' 하고 보내줬을 때…. 그때서야 정말 성숙해지는 듯. 다시는 예전의 내가 될 것 같지가 않아서 기쁘다. 제발 이대로!

모성애 강하고, 책 좋아하고, 영화 좋아하고, 나한테만 여우고, 웃음소리 귀엽고, 내 똥배 사랑하고, 내 음악 좋아하고, 시키면 안 하지만 요리 그래도 잘하고, 개 좋아하고, 물질만능주의적이지 않고, 성형 두 군데 이상 안 하고, 샴푸 냄새 좋고, 안마하는 거 좋아하고, 내 체취 좋아하고, 우리 엄마한테 잘하고, 술 적당히 잘 마실 줄 아는데 꼬장 없고, 입 안 가리고 웃고, 옷 너무 야하게 안 입고, 욕은 잘 안 하지만 그래도 어느 정도 하는 사람을 어느 정도 관용해주고, 내 머리 많이 만져주고, 자립심이 있어서 나한테 의지 안 해도 잘 살 수 있고, 가끔 나를 애기 취급해줘야 하고, 배 또 만져줘야 하고, 젖병에 따뜻한 우유 넣어서 먹여주면 완벽할 듯. ^^

우는 척해서 몸매 풍성한 여성에게 안긴 뒤 그녀가 '이제 다 울었니' 하고 물으면 갑자기 더 격하게 울면서 시간 끌며 악어 눈물 흘린 뒤 행복한 미소 지으며 더블치즈와퍼 생각하면서 잠들고 싶다.

아프리카 초식동물들이 생존을 위해서 물 마시는 곳에 갑자기 악어가 튀어나와서 생을 끝낼 수도 있다는 게 참 아이러니하다는 생각을 방금 했다. 살려고 물 마시는데 그 물속에서 악어가 나와서 날 죽여. 우리 삶에 적용시킬 수 있는 좋은 비유 같군.

예시
돈 벌어야 사는데 돈이 사람 죽이네, 성관계를 가져야 아이가 나오는데 에이즈 같은 성병으로 사람이 죽네, 안전띠 매고 차 타고 가다가 사고 나서 차에 불났는데 안전띠가 꼬여서 못 풀고 그것 때문에 차에 갇혀 불타죽네, etc, etc. 새벽의 헛소리.

ㅋㅋ 기가 막히는 기사를 봤고, 그것보다 기가 막히는 꼰대들의 리플들을 보고 지금 2012년이 맞는지 확인하려고 달력을 봐야 했다. 어느 회사 가수들이 클럽에서 담배 피우면서 놀고 있는 사진이 퍼졌는데, 그거 가지고 '얘네 왜 이래? 연예인이 돼가지고' '회사에서 관리 안 하나?' '완전 쓰레기같이 노네' 이런 식으로 얘기하는 거 보고 충격받았는데, 아니 연예인은 놀면 안 돼? 대한민국 클럽들 다 엄청 잘되는데 이런 글 쓰는 사람들은 매일 새벽기도 다니나 보다. 남들 사는 거 가지고 좀 제발.

사과할 일도 없고, 미안해할 일도 없고, 눈치볼 일도 없다. 그리고 남이 사는 방식이 싫으면 안 보면 그만이다. 아, 토 나와…. 여튼 여러분, 우리도 눈치 너무 보면서 살지 말고, 그리고 남한테 눈치주지 맙시다!

작가 미상인데 공감 가는 말. '남자가 진정으로 변할 수 있는 유일한 기회는 자신이 사랑하는 여자의 눈이라는 거울을 통해서만 생긴다.' 이런 식이었음. 좀 대박이었음.

새로운 사실이나 깨달음을 발견한 것으로 인해 이미 한번 넓어진 마음(두뇌, 정신, 영혼)은 이전의 넓이로 다시는 좁아지지 못한다. **좀 간지.**

절대로 변명하지 말아라. 너의 친구들은 그것을 들을 필요가 없고, 너의 적들은 어차피 널 안 믿을 거다. **또라이 간지.**

작던 도토리가 나중에 큰 나무가 된 이유는 자기 자리를 끝까지 지켰기 때문이다.

미국 애들에겐 삐친다는 개념이 거의 없다고 보면 된다. 어릴 때부터 그 이유가 궁금했는데 제일 설득력 있는 아이디어가 생각났다. 한국인들은 친구나 가까운 사람과의 거리감이 거의 없기 때문인 것 같다. 외부인이 보면 찌질하거나 어리게 느껴질 수도 있는데 사실 그만큼 친하니까 그런 모습도 보여줄 수 있는 듯. 쉽게 생각하면 그냥 그런 사람한텐 절대 삐치진 않잖앙 ㅋㄷ. 친한 사람끼린 원래 찌질한 거야~

PLK III D-7. 2007년도에 〈펀치라인킹 I〉을 냈고, 기대에 부풀어가지고 첫 달 판매량 정산 때 얼마나 팔았을까 뭐 살까 했다가 30장 팔렸다 해서 눈물날 뻔했는뎅. 두 명밖에 안 온 공연에서 놀아본 적도 있는뎅. 별의별 미친 일 다 겪으면서 어느새 펀라킹 트릴로지를 완성했당. 아이돌들도 내가 존경하는 형들도 나를 욕하는 래퍼들도 내 스타일의 영향을 받았당 키크크크크. 결국 하고 싶은 말은 뭐냐고? 난 보여주고 증명하라, 라는 말의 살아 있는 예시다. **머더뻐커.** **The king is back.** 뭐라 할 거면 난 이미 했으니까 자 이제 니가 해봐. (마이크는 그래도 두 손으로 드림. ^^*)

힘이 더 센 것 말고는 여자가 생존해야 하는 인간으로서의 기준에서 보면 남자보다 훨씬 더 우월할 것 같다는 생각이 이젠 믿음이 된 듯하다.

방금 누구한테 우리나라 실업자가 60만 명 가까이 된다는 얘기를 들었는데 사실인지는 모르겠으나 여튼 그런 사람 졸라 많잖아. 정말 안타까운 상황이고, 많은 사람들은 일을 구하고 싶어도 못 구하는 경우가 많고, 동시에 난 얼마나 감사해야 하는지 절실히 느끼게 되지만, 그건 이제 뒤로하고, 일단 저 피시방이나 오락실 등등에서 죽치고 있는 사내들 다 끌어내가지고 정신 차리게 패야 한다고 생각한다. 우리 세대는 진정으로 spoiled 하다고 생각하고, 우리나라 남자들의 적지 않은 일부를 보며 정말 왕처럼 자라서 거지 돼서도 과거의 그 취급에 여전히 만취되어가지고 세상을 자신의 첩으로 보는 듯한 걸 매우 어릴 때부터 느꼈다. Fuck that shit, 철 좀 들고, 엄마 아버지 못 챙겨드리는 건 좋은데 맨날 용돈이나 타 낼 거면 차라리 무덤 파라는 말을 하고 싶다. 열심히 살자, 사내들!

늘 자신감을 많이 가지는 게 중요한 듯. 파도에 의해 깎여나가는 돌벽처럼 자연스럽게 조금씩 벗겨지니까. 패배를 경험하고 복귀하는 복서들이 자신감 회복을 위해 다음 파이트에서는 조금 만만한 상대를 고르듯, 자신감 충전을 위한 부스팅 없이는 그냥 타들어가는 양초일 뿐. 그런 의미에서 내가 대한민국 최고의 래퍼다. 자 이제 깎아라. ㅋㄷㅋㄷ

일하면서 늘 생기는 딜레마가 있다. 5년 동안 나를 무자비하게 고문했다. 사람은 좋은데 일 같이 하기 싫은 사람들이 많다. 혹은 사람은 ㅂㅅ 같은데 일하고 싶은 사람들도 있다. 비인간적이라고 비난할지 모르겠으나 난 후자의 사람을 더 좋아한다. 재능이 넘치는 친구들을 보면 늘 강하게 매료된다. 그러고 싶어서 그러는 것도 아니고 그냥 그렇게 된다. 반면에 전자의 경우를 보면 내가 가진 음악적인 태도와 그 사람에 대한 나의 진실된 마음이 늘 줄다리기를 한다.

조금 다른 얘기지만 그리고 누구는 이런 마음을 보고 너무 진지하다고 생각할지 모르겠지만 내가 세운 나만의 가치가 나와 누구의 개인적인 감정보다 훨씬 크고 중요하다고 믿고 있다. (단순히 돈만 벌려고, 혹은 어디 가서 썬글 끼고 센 척하려고 이 일 하는 거 아니다.) 하지만 난 A형 남자다. 갈등은 꽈배기가 되면서 깊어진다. 그래서 내린 결론은 이거다. 일하면서 만난 친구들의 인연은 최대한 버리자. 한동안 이렇게 살아왔는데 적어도 피곤한 일은 없다. 근데 외로운 것은 사실이다. 근데 어쨌든 마음을 많이 정리했으니 이 글을 쓸 수 있는 것이다. 'business is just business'라는 말, 존나 차갑고 가시 같지만 맞는 말인 것 같아. 이제야 좀 정리가 된다.

어이없는 일을 적어도 한 번씩은 모두 당해봤겠지만…. 방금 누워 있는데 모르는 번호로 전화가 왔다. 직업상 이런 게 많아서 항상 받는다. 참고로 새벽 3시 초반대.

나 : 여보세요.

X : 안녕하세요, 스윙스 맞으시죠?

나 : 누구세요. (일단 모르는 사람인데 도대체 왜 이 시간에 전화를… 하고 생각하면서 벌써 짜증부터 남.)

X : 아 팬인데요. 뭐하세요, 불광동이세요?

나 : (친구나 지인의 장난전화인 걸로 바로 간주) 아 누구세요, 장난치지 마세요, 나 이런 거 무지 싫어합니다.

X : 아 장난 아니고요, 저 팬이라니까요. 어디세요?

나 : 장난 그만하고, 누구냐 말해라. 나 진짜 기분 나빠지려고 한다.

X : 아 장난 아니라니까.

나 : (폭발 욕설)

X : (폭발 욕설)

X의 친구 : XX놈아 뒤질래?

나 : (더 폭발) 어디냐. 나와라.

X의 친구 : 충남 어디다.

나 : (어이없는 웃음)

X와 X의 친구 : 야 충남이라고 무시하냐, 개시발놈아!!!

그들은 끊었고 난 다시 걸었다. 결국 내가 모르는 사람들은 맞는 것 같았고, 정말 지방 친구들이 맞는 것 같았지만 난 계속 번호 알려준 사람 이름 대라고 했다. 그 사람한테 정말로 따지고 싶어서.

끝까지 안 알려주더니 맨정신의 친구 한 명이 받더니 미안하다고 하고 도중에 끊고 전화 꺼놓음. 으아 욕 나와. 가끔 지인들이 나한테 장난도 치고, 아니면 친하지도 않는 놈들이 새벽에 취해서 전화한 다음에 지 친구들 다 바꿔주면서 '지훈아 너 나랑 친하지?' 이런 일이 있는데 일단 가장 어이없는 이유는 난 내가 무슨 연예인이라고 생각해본 적이 전혀 없기 때문이다. 으아 열받아.

여튼 오늘의 명대사 : 충남 무시하냐, 개시발놈아!!!

'쿨'한 게 정말 유행이 된 지 오래됐는데, 개인적으로 좀 토 나올 때가 있음. 일단 이 '쿨' 문화(내가 그냥 이렇게 표현함)가 뭔지 정의부터 내리자.

내가 생각하는 요즘 우리 젊은이들의 쿨 : 기존의 사회 혹은 자신의 가치를 깨는 것에 대해서 쉽게 받아들이는 것.

예시

'어 자기야, 다른 남자랑 잤어? 어 그래 뭐 그럴 수도 있지, 쿨하게 소주 한잔하고 놀자.' (장난 반으로 써 봤음. ㅋㄷ)

'야, 너 왜케 소심해? (위와 비슷한 예시로 극단적인 어떠한 상황을 본인 마음대로 넣으세요.)'

이 '쿨'이라는 게 보통 그냥 평범한 가치를 가진, 자신의 환경에 맞게 현실적으로 사는 사람을 '안 쿨'하게 만들어버리는 게 있어. 그리고 유행을 탄다는 게 너무 싫어, 예전 힙합처럼 다들 졸라 달려들다가 한 번에 없어지는 이런 부분들이 제일 마음에 안 들고. 이 '쿨' 문화가 어디서 왔냐, 내가 볼 땐 토 나오는 〈섹스 앤 더 시티〉 같은

드라마를 비롯한 서양 미디어에서 많이 나온 것 같은데, (좋아하는 분들 ㅈㅅ하지만 설명 추가로 달지 않고 그냥 난 너무 토 나옴) 이건 힙합은 잘 모르는데 그냥 껍데기만 보고 허세 부리는 애들이랑 비슷한 마인드를 가진 사람들과 같은 그룹에 속한 사람들의 이야기가 될 수도 있다. 부모님 등등 어른분들한테서 받은 가치를 과감하게 모르는 척하며 '뭐 어때?'라는 식으로 넘기며 자신의 진실된 감정과 벽을 쌓고 살고 그러는데, 의식이 있는 사람이 그럴 때는 멋있는데, 그저 남.들.이. 하.니.까. 하는 게 좀 슬픈 현실. 난 워낙 극단적으로 남들과 비슷하지 않으려 할 때가 많아서 이러는 건가 생각이 들면서도… 그 생각마저도 고개를 좀 빠르게 절레절레 흔들면서 '아 그래도 토 나와'라는 생각을 다시 하게 된다.

여튼 이 '쿨' 문화도 어느 빤짝이 유행처럼 똑같이 그렇게 될 거라는 말을 하고 싶다. 그리고 그 문화를 대체할 뭔가가 또 나올 것이라는 말. 그리고 이 악순환은 계속되어서 결국에는 그냥 우리 젊은이들은 아주 오래 정체 없는 단체로 살다가 사회의 문화 수준이나 삶의 질 자체가 높아질 수가 없다는 점. 조개껍데기만 남은 soulless한, 속이기 쉬운 멋없는 청년들이 될까 하는 걱정이 있다.

Why? 외국인을 대하는 적지 않은 나 같은 젊은이들을 보면서 정말 많이 안타까웠는데 그들이 우리집 와서 놀고 있는데 우리가 맞춰주고 그들처럼 안 보인다고 안절부절못한다는 것…. 정체성이 없어서 그러는 거라고 생각한다. 그냥 바람 부는 방향에 의해서만 움직이는 문화적 집시가 되는 느낌? 다른 분들은 모르겠는데 난 정말 진짜 슬프다 이게. 정체성이 없는 건 자부심도 없는 것이다. 자부심이 없는 건 행복이 없는 것이고 행복이 없으면 사회에는 희망이 없다. 희망이 없는 사회에서 누가 살고 싶겠냐. **사람이 사는 방법이야** 당연히 지 마음이고 남이 남에게 강요를 하는 건 안 되지, 난 그저 내가 생각하는 방향을 제시하려고 하는 것뿐이다. 동의를 바라지는 않지만 적어도 나와 가까운 많은 여기 친구분들에게 생각할 거리가 되었으면 좋겠다. 나중에 노래에서 더 구체적인 얘기나 할래~ ㅋㅋ

ps. 우리에게 필요한 건 학벌이랑 빤짝이는 명함이 아니라, 내면의 가장 아래의 바닥에서부터 열을 발산하는 자존감이다.

27살 정도 되고 나니까 어린애들이랑 만나는 누나/형들이 왜 '도둑
년/놈'이라는 불편한 별명을 듣고 다니는지 알겠다. 물론 나이와 상
관없이 진정으로 사랑을 하면 언제나 환영이고 보기 좋지만 진짜 내
가 가르치는 학생들이랑 얘기하거나, 길 가는 어린애들 하는 짓이나
표정이나 사고하는 거 보면 '가지고 놀기 얼마나 쉬울까' 같은 생각
들이 항상 가장 먼저 떠오른다. 아마 내가 많이 당했기 때문인 것 같
은데 여튼. 새끼 거북이들아, 모래에서 빨랑 나가 바닷속으로 들어
가 바닷속에서도 사냥감이 되지 않길. 어린 새뀌들. 케케케케.

〈The Koreans〉라는 책이 있는데, 마이클… 아 이름 기억 안 나. 여튼 그 사람이 썼는데 아마 지금까지 한국에서 살았다면 20년 넘게 살았을 거야. 이 사람의 관점에서 한국인들에 대해서 쓴 건데, 심심하면 찾아보삼. 여튼 거기서 '한국인들은 자신의 눈물을 흘리는 것에 대해서 부끄러워하지 않는다(그래서 부럽다).' 이런 식으로 얘기했는데 난 다른 문화권에서 살아본 적 없어서 모르겠지만 미국과 비교했을 땐 정말 그런 것 같다.

눈물을 흘리고 통곡을 하고 자신의 화나 슬픔 등을 그렇게 해소하는 건 건강하고 또 인간적이고 아름답다고 본다. 힘들 땐 웁시다.

혼자서 일을 처리하는 능력도 좋지만 조언을 구해야 할 타이밍을
아는 사람이 지혜로운 자라는 걸 배워가는 중….

'그냥 잊어버리면 되지'라고 사람들이 늘 쉽게 말하는데 글쎄… 당해보지 않고는 복수심이라는 게 얼마나 괴로운 건지 모르는 듯하다. 절대 안 지워지는 뜨거운 똥물이 온몸을 덮어서 그 악취에 돌아버리는 기분이다. 소리지르고 술 마시고 걸어다녀도 풀리지 않는다. 그리고 한 번 받기 시작하면 탁구처럼 다시 쳐야만 하는 듯한 이 기분은 내가 조절할 수 없는 식욕이나 성욕처럼 본성으로 느껴진다. 이 개 같은 마음 때문에 왜 사람이 미치고 왜 평소에는 절대 못 저지를 죄를 짓는지 알 것 같다. 왜 사람들이 그런 소재를 담은 예술을 좋아하는지도 알 것 같아. 이것 자체가 모두가 원하는 정의라고 생각해. 눈에는 눈, 이에는 이. 시원하잖아, 막힘 없고 변수도 편견도 불균형도 없고. 이건 사람을 온전하게 바꾼다.

술을 입에 처음 대본 사람과 그전의 사람이 같은 사람이라도 다르듯, 세상은 그대론데 내가 바뀌어서 모든 것의 색이 바뀐다. 웃음도 잃고 자꾸 괜히 머엉해진다. 만약 남에게 상처를 받았다면 감정이 격화되기 전에 가해자와 만나서 대화를 하는 게 좋을 것 같고, 그렇지 않으면 말기의 희귀병처럼 돌아올 수가 없게 됨. 또 만약 본인이 가해자라면 스스로를 탓하고 가서 사과를 하는 게 역시 맞는 듯.

'병 주고 약 주고'라는 말이 있지만 사실 병을 줬으면 약도 줘야 하는 게 당연한 것 아닌가? 처음부터 병을 안 주는 게 최고지만 세상은 그렇게 만만한 곳이 아니잖아. 위로 올라간 건 그다음에 어디로 가는지 모두가 안다. 잊지 말아야 한다, 이 사실을. '지금부터 잘하면 돼'라는 말은 제삼자나 쉽게 할 수 있는 말이니 말이다.

참 이상한 게 다른 장르는 별로 안 그러는 것 같은데 힙합씬에 있는 팬들은 일단 나이도 어린 친구들도 많은데 왜 이렇게 꼰대들이 많은 거야? 일단 나랑 비슷한 경력을 가진 다른 장르의 가수들은 팬들이 혹시 대놓고 지적질 하나요? 이런 음악하지 마세요, 라는 식으로? I don't think so. 근데 우리 쪽에는 이상하게 고등학생들하고 20대 초반 애들이 마악 가르쳐대더라고. '형 음악은 이래서 싫고 이렇게 좀 하면 안 되나요? 완전 별론데요'라는 식으로. 딴 곳 가서 어떻게 날 씹든 상관없겠는데 꼭 내 지인들이 다 볼 수 있는 곳에다가 써놓고는 마지막에 '아 형 음악 사랑합니다'라고 하더라. 더 재밌는 건 여자애들은 안 그러는데 남자애들만 그래. 대체 뭐가 문제인지 모르겠어. ㅋㅋㅋㅋ 나름 만만한 캐릭터는 아니라고 생각했는데, 난 어릴 때 내가 좋아했던 아티스트들 싸이월드 다 알아도 존중하는 마음에 죽어도 이상한 글질 안 했는데.

그러니까 이 글 마무리짓기 전 하나만 딱 확실하게 해둘 게 있는데 아싸리 그냥 '스윙스 병신' 이러는 게 차라리 괜찮아. 왜 날 좋아한다면서 형이라고 부르면서 하는 건 이렇게 싸가지가 없냐 이거야. 어릴 때 나름 정말 싸가지 없는 애였는데 나도. 노인을 위한 나라는 없다더니 내가 지금 시대의 흐름을 못 따라가는 건가. 가끔 입 벌리고 멍하게 앉아 있는다니까. 누가 답을 안다면 제발 좀 지혜를 나눠주세요. 머리가 아프네, 아주 그냥. 평화.

Real talk 하나 해줄까. 왜 항상 무슨 네이버에 무슨 녀 무슨 녀, 이 지랄밖에 없는 거냐. 솔직히 어른한테 욕하는 젊은 남자애들 일주일에 한 번 꼴로 본다. 그 이유 말해줄까? 여자가 하면 카메라로 찍기 쉽거든, 남자가 그러고 있으면, 찍으면 걸려서 처맞을까봐 겁나서 안 찍는 애들이 99프로다. 그런 애들한테 한마디하고 싶다. 너네 남자 아니야, 존나 개 병신 같아. 직접 가서 한마디 못하고 찌질하게 카메라로 찍어서 여기저기 올리면 정의의 사도 되는 것 같냐. 좆까라, 하나도 안 멋있고 병신 같다. 개병신 같다.

하나 더 얘기해줄게요, 그게 정의냐? 한 사람이 병신짓 해서 누가 봐도 욕먹을 짓 해서 전 국민이 그 사람을 심판하는 게 정의냐? 경찰에 신고하면 되지, 그걸로 사람 신상 털어서 그 사람 사회생활 못하게까지 해야 돼? 한국인에게 제일 중요한 '명예'라는 걸 뺏은 순간 한국 사람은 시체가 된단 말이야. 그것마저 뺏을 자격은 내가 볼 때 아무에게도 없다. 직접 가서 말리든 뺨을 후리든 해라, 그 자리에서 해결 못 볼 거면 자신이 없다는 걸 인정하고 떠나라, Real talk.

사회가 정해준 기준의 똑똑함 따위에는 너무 신경쓰지 말길. 스펙, 학교, 이런 거 말이다. 어떤 일을 해도, 어디에 속해 있어도 정말 똑똑한 사람은 둘 중 하나라고 나는 생각한다. 사람을 다루는 법을 잘 아는 사람, 즉 인간 경영을 잘하는 사람 혹은 그게 아니면, 자기 혼자 잘해서 사람들이 자신에게 붙게 만드는 사람이다.

자신이 판단했을 때(평생 부모가 자신의 진로 결정과, 알바 선택과, 심지어는 학교 입학할 때 수강 신청까지도 대신했다면 이 부분부터는 읽지 말길) 남들이 또는 모두가 가는 길이 정작 자신에게는 득이 되지 않는다면 손해보면서까지 가지 말길. 인간이라는 존재 자체가 항상 흐름을 따라가려는 경향이 강하고, 혼자 있기를 두려워하지만 이성이라는 것도 괜히 있는 게 아니고, 개인으로서 자신의 가치를 잊지 말길. 마지막으로 똑똑해지는 것보다 남는 게 없다고 생각한다. 더 읽고 더 보고 더 쓰고 더 말하고 더 듣고. 먹는 데에 너무 투자하면 똥으로 나가지, 혹은 나처럼 돼지 되지. 옷은 썩지, 장비도 고장나서 버리거나 해야 한다. 근데 지식과 지능은 내가 죽을 때까지 문신처럼 내 몸안에 있다. '전 먹는 게 좋은데, 전 돈도 좋은데, 전 여자 좋은데, 전 차 좋은데?' 이렇게 말한다면 대답은 당연히 '똑똑해지면 그런 건 알아서 다 생긴다'라고 누구나 말할 수 있을 듯. 나도 더 똑똑해지자! 모두 화이땡.

새집에 인터넷 설치함. ㅋㄷㅋㄷ 내일은 정수기 온다. ㅋㄷㅋㄷ 집들이 10회 정도 해서 모든 사람들한테 내 생활용품 쌀, 라면 등등 다 뜯어낼 거임. ㅋㄷㅋㄷㅋㄷ 인맥 자랑 같은 건 아니고. ㅋㅋㅋ 한… 1983~1990년도엔 한때 H.O.T가 대한민국 최고였고 사실 지금 모든 아이돌에 비해서도 인기가 유난히 많았었는데, 그중 토니안 사장님의 회사 아래에서 데뷔한 아이돌 그룹 Smash라는 멋있는 친구들 랩 가르치고 있는데. ㅋㅋ 토사장님께 '불쌍한 선생님 전자 레인지 하나만' 이러니까 바로 쿨하게 선물해주겠다고 해서 나 토니 팬 됨, 원래 강타 제일 좋아했음. 라이머 형(우리 회사 CEO)한테는 압력밥솥 좀 비싼 거 얻어냄. 버벌진트의 〈좋아 보여〉 편곡한 마스터 키 형에게선 진공청소기 얻어내고. ㅋㄷㅋㄷ 아, 윤종신 형님에게 구걸 문자 보냈는데 3일 동안 연락 없으심… 좀 슬펐음. 여튼 혼자 밥 해먹고 혼자 청소하고 이거 지금은 열라 재밌는데 제발 변하지 않고 깨끗하고 어른스럽게 잘 살아보고 싶다!

024

자신의 한계를 알게 되는 것이 인생의 첫번째 비극인 것 같다.

어제 〈슬램덩크〉 밤새 읽어서 24권까지 다 봤음. 소름 미친듯이 돋고 눈물도 쵸파 간지로 글썽글썽. 요즘 만화 보면 평소에 사회생활하면서 몸에 묻은 때들을 씻겨내는 기분이 들어. 예를 들어 〈원피스〉 읽을 때… 얘네 루피파 해적단 애들이 뭔가 악당들한테 빡이 쳐서 처들어가잖아. 그때 명분들이 너무 확실해. 현실과는 조금 동떨어지는 개념의 흑백논리의 정의감을 실현하지만 바로 이런 이상들이 존재하기 때문에 흐물흐물해지던 내 가치관들도 바로서는 기분. 성경은 아니지만 신성한 걸 읽는 기분. 가장 순수하고 원초적인 선이 내 안에 아직도 남아 있다는 것에 감동을 하게 돼. 그리고 그 기분이 너무 좋아.

좀 풀이해서 얘기하자면 더러운 곳에서 살다보면 개새끼가 되기 쉬운데 그걸 막아주는 역할을 해주는 것 같아, 광견병 예방주사 간지로. 또 느낀 건 캐릭터의 중요성. 난 힙합신에서 일을 하는데 사실 많은 플레이어들이 있잖아. 〈슬램덩크〉 보면 별거 아닌 엑스트라 캐릭터들은 그림도 열라리 대충 그려. 특색이 없어. 그러므로 기억을 못하게 돼. 주인공 급들은 외모뿐만이 아니라 자신이 하는 행동, 그리고 그 뒤에 있는 이유, 그리고 타고난 성격과 그 성격에 자극이

올 때 하는 행동 등등을 구체적으로 보여주면서 너무나 자연스럽게 그 캐릭터에 빠지게 하는 이유에 대해서 계속 생각하게 되더라고. 내용물이 꽉 찼기 때문이야. 어떤 가수든, 래퍼든 배우든 내용물이 강하게 응집돼 있어야 한다는 걸 느낌. 요즘 시대엔 무조건 빠르게 그런 식의 캐릭터가 대중들에게 와닿을 수 있게 만드는 것이 경제적이잖아. 예를 들어 성형 이빠이 시켜서 개성 있는 잘생긴 얼굴을 만든다든지, 몸을 갑옷처럼 키워서 더 눈에 띄게 하고, 의상도 마찬가지일 테고. 시각적으로 느껴지는 것이 캐릭터의 일차적인 전달 방법이기에 당연히 0순위로 중요하다고 생각하지만(그래서 나도 다이어트 ㅠㅠ) 그것만 화려하게 꾸며놓으면 한계가 있음. 왜냐면 그건 누구나 돈을 투자하면 만들 수 있는 것이기 때문에. 쇼 비즈니스에 속한 나로선 그것을 인정하되 가격만 비싸고 봉지만 뭔가 있어 보이는 속 없는 과자가 되지 않아야 한다는 걸 느껴. soul이 있어야 된다는 말. 나의 자아를 고무줄처럼 쭉 늘려야 한다는 말. 가사 속에서, 연기 속에서, 보디랭귀지에서 기타 등등.

그런 의미에서 나에게 가장 기억에 많이 남는 〈슬램덩크〉의 캐릭터는 강백호인데 위에서 얘기한 것처럼 얘에겐 빨강 머리, 튀는 조던

운동화, 아버지의 슬픈 사연, 큰 키와 덩치, 귀염성, 시건방짐, 오점 투성이, 리더십 등등이 있기 때문에 그랬던 것이라고 생각한다. 모든 게 완벽해야겠지만 절대로 질 수 없는 사람은 더 많은 특색을 가진 사람이라고 생각한다. 이건 비단 연예계뿐만이 아니라 의류, 서비스업, 기타 등등의 종사자들에게도 당연히 해당된다고 본다.

남자에 관하여 남자가 말한당. 거의 모든 남자에게는 여자의 외모가 중요하다. 어쩔 수 없다. 자긴 아니다, 라고 하는 사람 말은 그냥 95프로는 듣지 말라고 얘기해주고 싶다. '그럼 못생긴 여자랑 결혼하는 남자는 뭐예요?' 몇몇 예외 빼고는 자기 기준에서 예쁜 것을 찾은 것뿐이다. 한예슬, 김태희를 보고 '진심으로 난 안 좋아 그냥'이라고 하는 사람들도 있다. 이해는 잘 안 가지만. 아무튼 그런데 말이야 남자가 여자의 외모를 본다고 할 때 얼굴만을 보는 것은 아니다. 종아리, 발목, 손, 발, 팔뚝, 목, 머릿결, 피부, 피부 색깔, 그리고 전체적인 몸매도 본다는 말이다. 얼굴은 타고나는 것이라 성형 말고는 바꿀 방법이 그닥 없다. 하지만 몸매는 자신이 좌지우지할 수 있다.

미국에서 살다온 사람으로서 살짝 얘기하자면, 우리나라는 외모지상주의의 악취가 천사들이 노는 곳까지 찌른다. 진심으로 하는 말인데 한국 남자가 마음에 안 들고 자신을 대접해주지 않는다면 몸매만 열심히 가꿔서 외국 남자랑 사귀고 결혼해보길 강추! 걔네들은 정말로 정말로 정말로 우리나라 사람들의 반의 반의 반 정도의 눈높이를 가지고 여자를 보는 경우가 너무 흔하다. 아무튼 외국인과 만나는 그런 여자들이 많아지다보면 우리나라 남자들도 경쟁심에 여자들에게 더 잘할 것이라고 본다. 그런데 하나 팁을 주자면, 많은 남자들은(나를 포함해서) 자신이 생각했을 때 예쁜 여자가 있다면, 다른 사람들도 그 여자를 예쁘다고 생각하는지 눈치본다. '눈 낮다'라는 소리를 듣는 것을 정말 싫어한다. 여기서 지극히 개인적인 얘기를 하자면 난 이 '눈높이'가 언제부터 벼슬이 됐는지 궁금하고, 솔직히 개 좋같다. '나는 존나 까탈스럽고 넌 내 기준에 안 맞는 눈높이를 가졌다면 촌스러운 사람이야'의 징그러운 감성을 위장한 말로 늘 들렸다. 아까 위에서 외국 남자 얘기했지? 얘네가 그럴 수 있는 것은, 외국 애들은 남이 어떤 여자를 사귀는데 그 여자의 광대뼈 양쪽에서 유니콘 뿔이 나오지 않은 이상 그렇게 생각 많이 안 해, 그 여자의 외모에 관해서. 정도의 차이는 개개인마다 다르겠지만 그냥 국가 대 국가로 크게 나눠서 봤을 땐 그들에겐 it really doesn't matter that much.

여튼 하던 얘기를 마저 하자면, 한국 남자는 자신이 생각했을 때 이 여자가 정말 자기 눈엔 너무 예뻐! 그래서 미치겠다 해도 주위 사람들이 놀리면 망설이는 경우가 정말 많음. 반대로 안 그런 사람들이 정상이긴 한데 환경 탓하자면 어 환경 때문에 그러기 힘든 경우가 많아. 그래서 많이 웃고(제일 중요), 머리를 채우고, 자신감을 가지고, 용모 단정하고, 진실되게 행동하고, 다시 말하지만 몸매를 열심히 가꾸면 누구나 모두에게서 존중을 받을 수 있다고 생각한다. 근데 또 생각해보면 한국 여자들이 세계에서 그거 제일 잘하는 것 같아. 교포 같은 친구들은 항상 나에게 물어봐, '야 우리나라 여자들은 항상 왜 이렇게 잘 꾸미고 다니냐, 미국 애들은 맨날 쪼리에 청바지 너덜한 거 입고 술 먹으러 다니는데….' 어, 정말 잘 꾸미고 다니고 이미지 관리도 잘하고 대단한 것 같아. 그런 면에서 뭐 나 같은 사람이 팁을 줄 입장은 아니라고 본다(비꼬는 거 아님). 그런데 누가 이런 말을 할 수도 있겠다. '남자들의 눈요기 게이샤가 되라는 말이에요?' 아니 그건 물론 아니다. 아니고, 자기가 원하는 남자를 정말 잡고 싶다면 그렇게 해도 된다는 말일 뿐.
Take it or leave it.

ps. 어느 나라 남자든 남자는 여자보다 열등감이라는 감정에 민감하다고 생각한다. 이건 남자친구를 사귀고 난 이후부터 실천해야 하는 부분인데, 되도록이면 남자에게 그런 기분을 느끼게 해선 안 된다. 그는 찌질해질 수도 있고 너만 피곤해진다. 반면에 그에게 필요한 양의 자신감을 적절할 때 준다면 그는 더 멋있어지려고 더 노력할 것이고 연애생활이 기름칠 잘한 자전거 체인처럼 돌아갈 것이라고 본다.

자신이 아쉬울 줄 알고도 여친이랑 깨끗하게 헤어지기 전까지 남자
는 소년이다.

대부분의 연기자와 음악인들은 실력이 아닌 이미지로 먹고 산다,
많이들 알겠지만. 다른 사람들은 어떨지 모르겠는데 내 입장에선
존나 토 나온다, 존나 토 나와. 안 욕하고 싶어도 실력 없는 사람들
은 그냥 다 꺼졌으면 좋겠다. 존나 토 나오고 다 병신 같아.
꼭 망해라, 꼭!

내가 볼 땐 어떤 사람이든 자기의 장단점을 파악하고 그걸 잘 이용하면 어디선가 넘버원으로 등극할 수가 있다. 내 집중력 가지곤 난 의대에 가지 못했을 것이다. (가고 싶지도 않음. ㅋㄷ) 내 키로 모델 역시. (하고 싶지도 않음. 잇힝) 근데 랩은 처음부터 최고가 될 거라고 장담했다. **Look at me now~ I'm gettin paper~~~** 항상 그래야겠지만 자기 자신한테는 더더욱 냉정해야 한다는 걸 잊으면 좆망.

어버이날 부모님과 시간이 맞지 않아 오늘에서야 같이 저녁식사를 했음. 내가 어쩌다 몇 번 간 간장게장 집에 모시고 감. 한 3년 전 어버이날에도 거기 갔음. 당시엔 갈비찜만 있었지, 간장게장은 없었다. 어머니 아버지는 내가 본 분들 중 거의 가장 검소하시다. 그렇다고 돈을 막 쪼잔하게 쓰시는 그런 간지는 아닌데, 자신들의 호화를 위해선 돈을 거의 안 쓰신다. 그래서 늘 이런 곳에 모시고 가면 배부른 척을 하신다. 그래서 난 그냥 처음부터 왕창 시킨다. 오늘도 그러다가 아주 살짝 짜증을 낼 뻔했다. 눈물이 날 것 같더라고, 조금 화가 나는 기분 때문에. 그렇게 할 때마다 뭔가 내가 더 죄송한 마음이 생기기도 하고 우리 가족 상황이 괜히 원망스럽다고나 해야 할까.

어쨌든 겨우 식사를 시작하고, 부모님은 오늘도 많이 안 드시고, 처음에 난 그냥 그렇게 배부른데 엄마 아빠는 어떠실까 하다가… 문득 드는 생각이… 아마 내가 이렇게 페이가 작은 게 들어왔다든지 아니면 특별한 날에 부모님 모시고 나간다고 약속 잡을 때, 어머니 아버지는 나 몰래 분명히 집에서 뭐 좀 드시고 나올 거다… 하는 생각이 들더라고.

"엄마, 간장게장 한 5년 만에 드시죠?" 하니까 아버지께서 끼어들더니 "무슨 소리야, 한 2년밖에 안 됐지." 뭐 간장게장 같은 건 자주 먹는 음식은 아니지만, 엄마 아빠한텐 삼계탕이나 소고기나 회 같은 음식도 2~3년에 한 번쯤. 제삼자가 부모님과 나의 이런 대화들을 보면 재미있다고 하면서 웃을 거야(부정적인 웃음 말고). 부모님 계시는 불광동 집으로 엄마 아빠랑 잠깐 돌아가서, 어릴 때 찍은 사진들을 꺼내보면서 피식피식 혼자 웃었음. 아버지께서 젊었을 때 잘 생기셨구나 하는 생각도 들었고… 내가 정말 말 안 듣는 골치 아픈 애새끼였구나 하는 생각도….

최근에 내가 '곤조' '진정성' '일관성' '돈'을 다른 가치들과 비교하거나 그리고 '순위' 등등에 대해서 너무 고민을 많이 해서 주위 사람들이 피곤해했었는데…. 결론적으로 난 현실을 찝찝하게 택했었고, 뭔가 더 강하고 더 멋있지 못했던 내 자신에 대해서 실망을 하기도 하고 그냥 찝찝했었는데, 오늘 부모님께서 그렇게 살짝… 늙으신 모습과 나 돈 많이 쓸까봐 눈치보는 그 처절한 모습을 보면서 이젠 아예 굳은 시멘트처럼 확고해졌다. Fuck 곤조다. 불광동 집엔 지금 전기세도 끊긴다고 압류 딱지 같은 게 맨날 날라오고, 기름값

아낀다고 벌써 대충 10년째 불광역에서 강남역까지 자전거 타고 매일 출퇴근하는 50대 후반의 아버지가 계신다.

난 자주 화가 나 있는 사람이다. 요즘엔 더 그렇고, 그래서 곤조 말고 또다른 존재에게 화내고자 한다. 판단하는 걸 좋아하는 haters 도 fuck you, too. 대신 똑같은 혹은 더한 경험을 해본 모든 hustlers 건배 tonight. 고개 숙이고 다니지 말자.

어느 나라, 어느 시대를 돌아봐도 당연히 법에 문제가 있는 경우를 본다. 예컨대 우리나라 폭력에 관한 일부의 법 문제를 하나 찝어보자. 아는 동생이 이번에 누구랑 한두 대 치고 했다 하더라. 그래서 경찰서를 가고, 돈도 많이 나오고, 이제 검찰청으로 사건이 넘어간다고 하더라. 뭐 그 이후엔 기껏해야 봉사활동 몇 시간으로 끝날 것 같다. 여튼, 사건의 전말을 얘기하자면,

놈이 A라면 A가 친구들이랑 말다툼을 하다가, 제삼자인 형들 B, C가 껴서 계속 인격 모독을 했다더라. 그래서 B, C는 동생인 A 한 놈한테 겨우 두세 대를 맞고 찌질하게 경찰에다가 이르고 돈을 달라고 진단서까지 얻었다는 것이다. 대부분의 사람들은 이런 일을 당할 일이 없기 때문에 이런 일에 관한 처리법을 모를 것이다. 하지만 누구나 충분히 당할 수 있는 일이다. 사기, 화재, 도둑 사건처럼. 아니, 이런 일이 일어날 확률은 위의 세 가지의 경우보다는 높을 것이다 적어도. 도둑을 맞지 않기 위해 모두가 문을 잠그고 사기를 당하지 않기 위해 모두가 도어록이나 인터넷 아이디의 비밀번호를 수시로 바꿀 줄 안다면 폭력에 대해서도 대비해야 하지 않을까요. 아무튼 넘어가면 먼저 동생이 잘했다는 얘기를 하려는 건 아니다. 단

이것이 진짜 모두에게 유리하게 옳은 건지 난 모르겠다. 이것에 대해서 몇 년은 생각해왔다. 이제야 글을 쓴다. 우리나라 뭐 이런 폭력에 관한 법에 대해서 내가 아는 한에서만 설명하자면, 대충 이렇다. A와 B의 물리적 싸움에서 A가 만약 1000000000대를 때리고, B는 겨우 한 대 때렸는데, A가 입은 육체적 상처가 더 크면 B가 불리한 가해자가 된다. 둘 다 법에서는 처벌을 받지만 B가 받는 처벌이 더 크다. **What the fuck?** 다른 얘기도 하나 한다. A와 B의 물리적 싸움이 있다고 치자. A가 만약 10시간 동안 온갖 인격모독을 다 했어. 엄마 욕, 아빠 욕, 강아지 욕, 동생 욕, 애인 욕, 신장 욕, 몸무게 욕, 성적 욕, 학교 욕, 성기 사이즈 욕, 발냄새 욕, 머리 스타일 욕, 눈 크기 욕, 손톱 때 욕, 동네 욕, 그래 하루종일 했는데 B가 못 참아서 한 대 때렸다. A가 맞고 경찰에 신고를 접수한다. B가 가해자가 된다. '아니 그때까지 왜 참고 가만히 있어 집에 가면 되지'라는 변론이 생길 수도 있다. 정말 극단적인 경우에 해당되겠지만 어떤 사람들은 끝까지 따라붙는다. 경찰에 신고한다고 소리쳐도 때린다. 계속~~ 집 앞까지 쫓아가는 경우도 봤다.

더 나아가, 애인 앞에서 그러는 경우가 있다. 친동생 앞에서 그러는 경우도 있다. 난 자신의 딸 앞에서 얻어맞은 30대 초반의 아저씨도 본 적이 있다. 물론 도망가게 도와주고 나도 몇 대 얻어맞고 도망갔다. 같이 때렸으면 나도 가해자니 그냥 맞으면서 도망갔다. 더 나아가 난 친구, 부인, 애인, 모르는 사람들 보는 앞에서 돌멩이를 들고 가만히 있는 사람을 치려는 사람도 보았다. 이유 없이 말이다. '그럼 밤에 돌아다니지 말아야지' '그럼 가족들 손잡고 도망가야지' 비현실적인 대답을 하는 분은 없었으면 좋겠다. 정말로 목숨의 위협을 느끼고 자신보다 더 느리게 뛰는 소중한 사람들을 보호하면서 도망가는 것은 때로는 어려운 일일 것이다. '목숨의 위협을 받는 것'의 기준이 모호하다며 또 새로운 변론이 있을 수도 있겠다. 물론 그렇다, 그러니까 선이 그어져 있겠지. 그 선이 너무… 당하는 사람에게 불리하지 않나 하는 생각이 듭니다. 옆에서 사람이 도와준다고 한들, 그 사람으로부터 가해자를 보호하는 법까지 있으니 말입니다. A가 B를 죽도록 패고 있는데, C가 이것을 저지하려다 자기도 모르게 A를 한 대 때렸는데 그의 이빨이 하나 나간다. 그럼 C역시 법의 처벌을 피할 수 없고, 그 이빨에 관한 피해액도 부담해야 한다. ——;;

물론! 그렇다고 해서 이 법을 아예 없애자는 얘기 아니다, 수정이 필요하다는 말이다. 어떻게 바꾸는 것이 좋은가에 대한 내 생각은 조금 있다가 얘기할래. '만약 모두가 서로를 다 때리게끔 법이 만들 어진다면 사회가 어떻게 되겠냐?'라는 변론을 던질 수 있다.

무슨 '길거리의 법칙'으로 이 사회를 원시시대로 전락하게 하자는 말을 하는 게 아니다. 내가 하고 싶은 말은 단지 이거다. 인간 모두 에게 자존감이 있다. 자존심이 있다. 그리고 자신이 사랑하는 사람 들 앞에서는 그것을 더더욱 지키고 싶은 마음이 크다. 자신을 사랑 하는 사람들 역시 자존심이 있다, 자존감이 있다. 자신이 사랑하는 사람이 그런 일을 당할 때 사랑하는 사람이 가만히 있는 것을 보 고, 동시에 자신은 말 말고는 아무런 반응을 할 수 없을 때 그 정신 적 피해는 웬만한 육체적 고통보다 더할 것이라고 난 주장한다. 당 신의 어머니가 자신이 보는 앞에서 누구에게 맞았다고 상상해보자. 사실 법까지 생각하지도 않고 상식적으로만 생각해도 이건 같이 한 대 때려야 맞는 게 아닌가? 라는 생각을 해도 안 시원하지 않은가. '그래 맞고 폭력적으로 반응 안 하고 경찰에 신고하면 되지'라는 말을 하는 사람이 있다고 치자. 그 사람에 대한 벌은 그닥 세지가 않다. 어머니가 받은 육체적 피해만큼만 배상을 하거든, 최소 전치 2주인가 3주의 피해금액이 나와야 돈을 받을 수 있다. —— 의사들이 진단서를 엉터리로 끊는 게 쉬운 게 아니다. 그걸 바라는 것도 사실 잘못된 것 아닌가. ㅋㅋ (비슷한 걸 직접 당해봐서 하는 말임.) 그리고 그 사람은 그냥 뭐 봉사활동과 벌금이 주어지는 게 전부다. 이걸로 정말 충분한지 모르겠다.

그러니까 제안을 하나 하자면. 일단 시비 건 사람 좀 제발 처벌해줘라. 시비 걸고 맞기만 한 놈은 법에서 처벌하지 않는다. 위에서 말한 예처럼 만약 A라는 사람이 B를 미친듯이 약 올린다. B가 너무 화나서 그 사람을 밀었다. 넘어져서 손 부러진다. 이건 나를 처벌하던 검사한테 직접 들었는데 이땐 애매하다고 했다. ㅋㅋ 중요한 건 B는 최소한의 처벌을 받게 돼 있고 A는 받지 않는다고 했다. 우리 어릴 때도 애기들끼리 싸우는데 와중에 어른이 와서 뭐하는 짓이야 이러면 뭔가 불의를 당한 것에 억울한 한 명은 꼭 '쟤가 먼저 시작했어요' 이러잖아. 이건 원초적으로 우리 속에 있는 어떤 정의의 기본적인 개념이라고 난 생각한단 말이야. **시비 건 놈 처리 좀 해줘 제발! 그리고 다음으로 먼저 때린 놈, 이놈도 제발 처리를 크게 해 줘. 적어도 지금보다는 더. 그 '얼마나 더'는 법을 만드는 사람들이 혹은 지금 읽고 있는 법학도들이 생각 좀 해주길.**

난 그냥 래퍼일 뿐이다. 위에서 든 예처럼, 가만히 있는데 누가 와서 때려, 근데 별로 안 아파. 근데 나도 화나서 나도 모르게 손가락으로 볼 한 대 찔렀는데 그놈 이빨이 부러졌어. 현재의 법보다 조금 더 세심한 법으로 일을 해결했으면 좋겠다. 자, 위에서 먼저 시비 건 놈을 처리해달라고 해놓고, 아래에선 또 먼저 때린 놈을 처벌해달라고 내가 분명히 했겠다. 모순으로 생각하지 말길, A가 먼저 시비 걸고, B가 먼저 때렸어, 그거에 관한 각자의 처벌도 있었으면 좋겠다 이거다. 그리고 도덕 교과서에 실어라 이거야. 친구 부모님께 인사하는 방법, 절하는 방법, 지하철 핸드폰 예절 이런 거 누가 모르냐. 다 배우는 것 아닌가 생활하면서. 초중딩 교과서에 넣는 것도 그래 다 좋아, 근데 이런 것도 조금은 넣어줘라 이거야. 억울한 젊은 친구들 너무 많다 세상에. 그냥 참고로 얘기하자면 이 글을 마무리하기 전에. 미국의 경우는 누가 자기 집에 쳐들어오지? 총으로 쏴 죽여도 된다.

(그래서 걔네들이 더 개인주의적인 걸 수도 있다는 생각도 해봄.) 폭력에 관한 법이라면 주마다 조금씩 다르겠지만, 정당방위에 대한 인정이 우리나라보다는 훨씬 관대하다고 볼 수 있다.

상대방이랑 얘기하다가 다툼에서 언어폭력까지 갈 상황이 될 것 같을 때, 상대방을 아이라고 생각하고 말하기 시작하면 **감정이 죽어들기 시작한다.** ㅋㄷㅋㄷ

(미리 말씀드리지만 내가 쓰는 글들은 거의 다 형이나 누나나 동갑보다는 동생들을 의식한 것이다.) 약 10일 전에 난 혼자 새집으로 이사 왔다. 임시로 사는 자취방이 아니라, 약 10일 전부터 난 공식적으로 완전히 부모님에게서 독립을 한 것이다. 내 예상을 훨씬 뛰어넘는 액수의 돈이 옆구리로 그냥 다 새어나가더라. 수십 명의 사람들의 도움을 받고 나서야 안정을 겨우 찾은 듯하다. 혼자서는 아마 절대 못했을 것 같다. 원래 하려고 했던 얘기와는 좀 벗어나지만, 주위에 사람이 있는 건 돈보다 훨씬 큰 복이라 느낀다. 그리고 자신의 '인격 성적표'는 주위에 얼마만큼 좋은 사람들이 있는지 보면 알 수 있다고 믿는다, 의도적인 자아적 왕따가 아닌 이상. ㅋㄷ

집들이도 몇 번 하고, 밥도 좀 해먹고, 청소 자주 하고, 뭐 아예 새로운 삶을 살고 있는데, 곧 있으면 방세도 나갈 거고. 그전에 집 주인아줌마랑 계약할 때 이 아줌마의 얘기 좀 많이 들었는데, 임대 사업으로 돈 많이 벌더라, 그중 한 집이 현재 내가 사는 집. 얼른 돈 모아서 전세로 가고, 나중엔 그 보증금에 보태 더 큰 집으로 가고, 장가가기 전에 집 하나 작은 거라도 마련할 돈이 있어야겠구나 싶더라고. 더 넘어서 나도 나중에 집 몇 채 얻어서 아 꼭 세 받으면서 떵떵거려야겠구나 싶더라. 이사 오지 않았다면 아마 한동안은 하지 못할 생각들이었을지도. 많은 사람들은 나의 생활 방식을 보고 '보헤미안' '짐승' '지멋대로' '본능적인' 등등이라고 표현을 했고, 난 사실 거기에 프라이드가 있었는데 이젠 그렇게 살기 싫어졌다. 아… 많은, 특히 많은 여자들이 그러더라. "안정성이 없는 삶"이라고. ㅋㅋ 그래 이 집을 얻기 전 그리고 작년에 샀던 마티즈가 불타기 전이었다면 그런 말을 했던 애들에게 '닥쳐, 너와 니 남친보다 돈 더 잘 벌고 잘 먹고 잘 살아'라고 했겠지만 이제 가진 게 많아지니까 이해할 수 있을 것 같아. 기존의 내 방식대로(no rules) 살면 언젠가 모든 게 한번에 무너질 수도 있다는 거지. 나름 내 나이 치곤 성숙하다, 의지가 강하다, 추진력이 강하다고 스스로를 또 자랑스럽게 생각했건만 사실 한동안 성장하지 못했어, 바로 그 눈먼 프라이드 때문에. 현실이 무서운 건 뭐냐면, 술 처먹고 잊으려 해도, 뭐 게임하면서 가상세계에 빠져 있고, 본인이 과대망상을 가지고 살아간대도, 절대로 변하지 않는다는 거야. 그게 게임이라면 말이야, 그가 정해준 틀 안에서 최선을 다해야 해, 온전한 자유란 건 없다는 얘기야. 즉 내가 다리가 한쪽이 없는 채로 태어났다면, 그 사실을 부정해봤자 소용이 없다는 얘기고, 그 현실을 받아들이고 최선을 다해야 한다는 말이지. 패배를 인정하면 끝나는 게 아니라 이길 수 있는 기회가 새로 생겨난다는 걸 지금 느낀다. 난 한동안 현실을 부정했어, 아니 스티브 잡스 전기에 있는 말을 빌려보자면 현실을 '구부리려고' 했어. '돈 없다고? 벌면 되지!' '지훈아 당장 여기저기 세금 나가야 해, 지금 당장 처리해야 해!' '그래? 내가 알아서 할 게 돈 벌면 되지!' 정말 이게 내 방식이었다, 그냥 앞뒤 상황 안 보고 앞으로 질러서 가기. 지금 이 글을 쓰면서 이걸 인정해야 한다는 게 좀 자존심 상한다. 왜냐면 실제로 이렇게 해서 성공한 적이 너무 많았거든. 근데 내 한계를 이제 느낀단 말이야, 진짜로 인정해야 한단 말이지. 그래서 새로운 껍데기를 얻을 소라게가 돼야 해. 내가 성장했다는 근거로 받아들이자.

그래 이제 원래 하려 했던 얘기로 돌아가자면, 난 벌써 27세다. 돈 한푼도 모으지 않았고 다 탕진하거나 어디 투자한다고 깝치다 실패하고 또 날렸다. 돈, 내 나이치곤 꽤 벌었다. 근데 벌고 나서 쓰고 없어진 돈은 처음부터 못 번 돈만도 못한다. 주위에 많은 친구들에게 물어봤다, 넌 돈 좀 모았냐? 대부분 no. 약간의 동질감을 찾았지만 사실 한심한 거다. 지금 고삐리 동생 새끼들이나 그보다 위인 너네들 보면 난 진짜 범죄 크게 저질러서라도 너네 때로 다시 돌아가고 싶다, 나이 차이 하나도 안 나는데도. 왜냐면 그때가 제일 순수했고 열의가 넘치고 세상 무서운 줄 몰랐을 때였거든. 그때 그 깡은 절대로 다시 생기지 않아. 지식이라는 건 좋기도 하지만 새에게 무거운 족쇄 같은 것이기도 해. 땅으로 널 끌어내리거든, 넓은 서야로 세상을 보지 못하게. 존나 아이러니하다. 여튼, 나도 마찬가지지만 젊은 게 최고고, 그 젊고 힘 넘칠 때 일찍 돈 모으고, 일찍 성장해버리고, 단 하루도 낭비하지 않길 바라. 결국엔 후회는 무조건 남는 거지만 덜 남기는 게 좋겠지. 돈 모으자 시발!!!

재활용품 쓰레기라고 해야 하나. 이거 우리 동네 사람들은(다른 동네들은 어떤지 모르겠음) 집밖에다가 내놓는 날이 정해져 있는데 그날을 지키기가 싫어서(집에 쓰레기 많으니까) 바로 옆에 재활용품(박스 같은 것도) 또 따로 모으고 다니는 할머니의 자리에 갖다놓으려고 했는데 할머니가 있어서 '아 저… 여기 재활용품 좀 놓고 가려고요' 이러니까 내가 떡이라도 사드린 것마냥 너무 반갑게 인사하시면서 고맙다고 받아주시더라. 처음에 조금 많이 당황했음. 결국 다 상대적인 거야, 이런 것도. 어떤 분은 쓰레기를 가져다주면 고맙다고 하고. 뭔가 그냥 부끄러웠다. 감사하자.

여자에 관하여 남자가 말한다. 세상에 있는 인간은 크게 두 부류로 나뉜다. 여자가 아니면 남자다. 수많은 학자들과 평범한 인간들, 애들과 어른들은 이 두 부류에 대해서 연구를 하고, 고민을 하고, 정의를 내리려고 했다. 아직까지는 시원한 답이 나오지 못한 듯하다. 아마 그래서 이 주제가 늘 신선하고 재미가 있는 것이겠지, 당연히. 나는 분석하는 것을 좋아한다. 때로는 너무 확대해서 분석을 하기도 하고 어떤 사람의 행동에 지나치게 의미를 두기도 한다. 그래서 사실 용기를 내어 쓰는 글이니 읽는 사람들의 의견과 내 의견이 크게 달라도 그냥 내 관점을 즐겨주길 바라며.

내가 알기로는 남자들은 사춘기가 시작되는 시점부터 노인이 될 때까지 평생 자신의 유전자를 뿌리고 살 수가 있다. 바로 그런 이유 때문에 남자들은 한 여자를 선택해서 한 가정에서 한평생 일부일처제의 시스템 안에서 산다는 것이 어려울 때도 있다는 얘기까지도 들었다. 남성이라는 생명체가 어떤 신의 손으로 디자인되어 만들어진 존재든, 시간과 우연을 통해 이렇게 완성이 되었든, 온전히 논리적인 시점에서 봤을 때 그렇게 하는 게 옳다고 볼 수도 있을 것 같다. 여왕개미가 개미 사회에서 유일하게 알을 까는 존재니 그 역할만 평생 하는 것처럼 말이다. 강조하지만 도덕과 윤리, 종교, 도리 등등의 잣대로 지금 얘기하는 게 아니다. 그럼 여자로 넘어가보자. 여자는 몸속에 있는 '알'(egg 말고는 사용해야 할 단어를 모르겠다 ——;)의 숫자가 제한되어 있다고 한다. 사춘기 이후로 1년에 평균 12개가 생성되고 소멸되고, 대략 40대 후반부터 폐경이 시작될 수 있다고 하더라. 어림잡아 여자는 평균 30년 동안 최대 360개의 알을 생성한다고 볼 수도 있다. 이것을 토대로 두고 남자와 여자가 굉장히 다르다는 것을 계속 이야기할 수 있다. 하지만 지금은 여자에 초점을 최대한 맞춰보겠다. 여자들은 위의 저런 생물학적 타고남 때문에 남자를 만날 때 남자보다 더 신중하고 조심스럽다고 나는 본다. 왜냐하면 남자들은 말이지 그냥 일 저지르고 다른 알을 수정시키러 가면 그만이다. 그게 본성이다. 여자들은 반면에 알의 숫자가 제한되었고, 또 수정 이후 9~10개월 동안 아이를 자신의 몸속에서 품고 다니고, 보호해야 하기 때문에 자신의 남자를 조심스럽게 고를 수밖에 없다는 것. 남자들은 예쁜 여자를 보면 자극을 받는다. 자신이 가진 유전자와 그런 외모를 가진 여자의 유전자가 결합을 하면 괜찮은 결과가 나올 것이라고 무의식 중에 생각할 수도 있다. 여자들도 잘생긴 남자를 본다. 하지만 거기서 더 까다롭고 더 세세한 평가가 들어간다. 여자들은 이성적으로 계산을 한다. 목소리를 듣는다. 머리 스타일, 손톱 때, 키, 입냄새, 향수, 지식 수준, 지능, 발음, 주위 사람들 그리고 그들이 그를 대하는 태도, 사회적 직위 등등을 먹이를 스토킹하는 고양이처럼 계속 본다. (물론 예외도 많다. 연애를 가볍게 하기 위해 그냥 '즐기기' 위해 남자를 만나는 경우 역시 많다.) 그리고 그 과정 속에서 만약에 걸리적거리는 것이 있다? 아웃시킬 때가 많다. 여자한테 차인 적 다 한 번쯤은 있겠지.

나의 경우 두 가지를 들어보겠다. 나름 잘되려고 했던 친구가 있었다. 그러다 어느 날부터 그 여자의 태도가 바뀌고, 내가 왜 그러냐고 물어봤을 때, 친구는 이렇게 대답했었다. '오빠는 다 좋은데… 진짜 너무… 안정성이 없는 삶을 살아.' 그 말을 할 때 그 친구의 눈을 봤는데, 어느 구체적인 사건을 생각하면서 말하는 것처럼 보였다. 그 사건을 통해서 나에 대한 판단은 거기까지인 것이었다. Out. 또다른 친구는 이랬다. '처음엔 너가 되게 쿨하고 자유분방해 보였는데, 절대로 너 같은 남자랑은 오래 못 만나, 결혼 같은 거 한

다고 생각하면 끔찍해.'

만약 입장을 바꿨다면 남자들은 어땠을까? 남자들의 대부분은 자신이 원하는 외모를 가진 여자를 만났다면 현실이나 여자와의 미래를 막연하게만 보는 경우가 많다. 모든 게 그냥 '알아서 되겠지' 하는 마인드를 가지기가 쉽다. 친구들이 옆에서 이상하다 하면 그 친구와 쌩까고, 자신의 활동량의 폭이 그녀한테만 완전히 맞춰져 있어도 자신의 상황을 못 볼 때가 너무 많다. 집 나가고, 친구들한테 돈 빌리고, 쌩까고, 그냥 쌩까고, 부모님과 싸우고, 일, 학교 짤리고, 자신이 오랫동안 안정적으로 유지해왔던 삶의 방식이 다 무너져도 오로지 그 여자만 보일 때가 많다. 여자들은 안 그럴 때가 남자보다 많다.

다시 말하지만 여자는 일반적이고 안전한 상황일 땐 남자보다 훨씬 이성적이다. 남자들은 어디서든 남들이 보지 못하기만 한다면 성관계를 가질 수 있다. 여자들은 '미쳤나'면서 '정신 나간 소리 좀 하지 마'라며 상황을 피한다. ㅋㄷ 반면에 상황이 위급해지고 위험해질 때면 오히려 남자들이 더 이성적으로 변하지 않나 싶다. **빡이 돈 여자는 눈을 감고 주위에 있는 덩치 큰 남자들을 할퀴고 뜯고 다 한**

다. 같은 환경에서 덩치 큰 남자 4~5명이 자신을 위협한다면 이성적으로 판단해서 그 상황을 피하는 게 대부분 남자의 행동일 것이다. 여자들은 이미지 관리를 무지막지하게 잘한다. 아까 내가 깔아놓은 전제와 연관이 돼 있다. 그리고 더 나아가서 난 여자들은 자존심이 남자보다 세다는 생각을 하기 때문에 이런 말들을 한 거다.

남/여 각각 이성 문제로 자신이 속한 단체나 사회 등등에서 위기에 처하게 될 상황이 오면 가끔 흔히들 말하는 쌍놈이나 쌍년으로 갑자기 변신하는 경우가 있다. 드물기도 하지만 생각보다 이런 일이 자주 일어난다. 내가 생각했던 정의는 대충 이러하다.

쌍년 : 자기가 남자와 놀거나 할 것 다 하고 나서, 뭔가 일이 이상하게 꼬일 것 같을 때 남자를 범죄자로 몰아세우고 모든 사람들이 그를 증오하게끔 만들어 결국 그 사람 인생 망하게 한다.
쌍놈 : 여자한테 꼬리치다가 뺀찌를 먹음. 자존감 완전 무너짐. 그러고 나서 친구들에게 가(동성, 이성 할 것 없이) 그 여자 안티 클럽을 만들고 여자를 X레로 만들고 결국 그 사람 인생 망하게 한다.

이럴 것 같은 사람은 무조건 피할 것. ^^ 조심. Real talk.

나 같은 성격으로 성장을 하려면 아파야만 하는 것 같다. 노력해도 안 될 때가 너무 많아. 그럴 때 누가 망치로 후리듯 때렸으면 좋겠다는 생각을 해. 다이어트도 열라 힘들어야 근육이 더 자라고 지방이 타듯이. 거기에는 시간이라는 개념이 추가되겠지만 당연히. 그냥 가끔 답답한 것 같다, 내가 얼른 어른스러워지지 못하고 더디다는 생각이 들 때마다. 올해는 작년보다 딱 5살 정도만 정신연령이 올라갔으면 좋겠다, 좀 웃긴 표현이지만. 화이땡.

요즘 번역하는 부업을 갖게 되었다. 그러면서 내 개인 시간이 없어지고 지금 이 순간에도 일을 하고 있어서 남들 다 불토를 달리고 있을 때 집에서 이러고 있다. 난 술을 미친듯이 좋아한다. 지금도 우리집 냉장고 안에는 별의별 술이 다 있다. 정말로 정말로 마시고 뻗고 싶지만 내가 받은 일의 데드라인이 아침이다. 내가 만취 상태에서 번역을 해낼 수 있는 초능력을 가진 이가 아닌 이상, 내 상황이라면 참아야 한다. 요즘 난 다이어트도 한다. 복싱도 하고, 헬스도 다닌다. 거기다가 집안 사정은 가족 역사상 최악이다. 난 나만의 집이 생겨서 매일 청소를 해야 한다. 벌레들이랑 살기 싫고, 악취도 싫고, 손님들한테 부끄럽기도 싫다. 난 작은 회사 JM을 운영하고 있다. 솔까 돈이 많지 않아서 아직 일을 크게 벌리고 있지는 못하지만 얼마 전부터 본격적으로 움직이기 시작했다. 동시에 올해 초에 난 내 위에 있는 음반 회사에 또 들어갔다, **Brand New Music**이라고 불린다. 거기서는 우리 제작진 형들이 가끔씩 압력을 가한다. 이 모든 일들이 나에게는 사실 큰 부담이다. 그래서 술이 좋은 걸 수도, 그래서 혼자 사는 게 좋은 걸 수도, 그래서 ㅂㅅ 래퍼들 디스하는 게 재미가 있는 걸 수도⋯. 매우 가까운 사람들에게만 자주 불평해왔고, 이젠 불평하는 게 다른 사람들한테 미안해서 혼자 많이 삭이고 혼자 멘탈의 붕괴를 느끼기도 하지만, 그리고 내 자신을 내 현실에게 재물로 희생해야 하지만 방금 느낀 건 이게 나를 더 강하게 만들고 있다는 것 그리고 또, 나라는 정신병자 새를 외부로부터 보호하는(솔까 외부를 나로부터 보호하는 것일지도) 새장인 것 같다는 것. 책임질 것이 많아지면 스트레스도 많이 받지만, 누구에게는 살 덜 찌기 위한 허리띠의 조임일지도 모른다. 나에게는 어쨌든 강한 훈련이 될 것이라고 믿는다! 감사하자!

음악이랑 트렌드랑 사람이랑 모든 건 변한다. 릴 웨인이 2008년에 힙합신에 또라이 같은 앨범 〈카터 3〉를 발표하면서 세계 힙합 그리고 팝은 변화하기 시작했다고 난 본다. (롤링스톤지에서 웨인 앨범에 별 다섯 개 주고… 일주일 만에 100만 장 팔고.) 나중에 제이 지 (세계 팝 뮤직의 왕이라고 해도 과언이 아님)도 웨인이 가져온 새 시대에 적응하기 위해 한층 업그레이드된 말장난, 언어유희 등을 성공적으로 시도했고, 5년 정도 쉰 에미넴은 신에서 밀려난 듯하더니 웨인을 자신의 곡에 참여시킨 후 묶어놓고 토막낸다. 칸예의 모든 앨범은 너무 다르면서 너무 같다. 어쨌든 너무 달라. ㅋㅋ 여튼 이들도 환경의 변화에 적응한다. 나랑 같은 일을 하는 모든 후배와 동료들을 위해 한마디 하자면 절대로 만족하면 안 된다. 공룡은 너무 컸고 그만큼 많이 먹어야 해서 굶게 되었고 쪼매난 바퀴벌레는 핵전쟁에도 살아남는다. 나도 대놓고 한국 힙합신 성형시켰다, 엄청난 자부심을 가지고 있다.

하지만 어느새부터 난 밀려나고 있었다. 1년 정도 큰 고난에 빠졌다. 술 먹고 많이 울기도 했고 동료 래퍼들을 향한 배신과 부러움과 불쾌와 비난은 비 오는 밤의 비어잔을 비울 때 비굴하고 비겁하고 병신같이 방에서 번져나갔다. ㅡ.,ㅡ 하지만 이젠! 드디어 내 최근의 작업물들에 다시 만족하고 있다. 잃었던 자신감이 밤의 그림자처럼 나랑 다시 하나가 되었다. 이제야 기대하라고 할 수 있다! 크카카카카카카 기대하세여, 곧 돌아온다, 업그레이드 완료했음.

게으르게 진행했던 번역일 중 하나. 이제야 끝나간다. 직장 상사라고 해야 맞는 분한테 제대로 욕 먹었음. 회사원들이 맨날 일 끝나고 피곤해도 술 먹는 게 이런 건가 싶더라. 내가 잘못한 게 아예 없었다면 오히려 기분이 덜 이상했을 듯. 뭔가 자책감이라는 기분이 인간이 느낄 수 있는 감정 중 가장 견디기 힘든 탑 5 안에 들 듯. 그 외엔 죽음에 대한 공포, 때늦은 후회, 자살충동까지 이어지게 하는 우울함, 애인과 헤어짐의 초기 등등… ㅋㄷ

칭찬은 대박 무서운 힘을 가지고 있다. 칭찬 이 자체는 폭탄이고, 누가 쥐고 있냐에 따라 무기가 될 수가 있고 아니면 재앙을 가져올 수 있다. 칭찬 한마디 잘못해서 나한테 덤비던 어린 친구를 본 적도 있고 또 시들어가던 나무가 물 먹고 곧게 자란 듯한 애들도 많이 봤다. 펜이 칼보다 강해~

신을 믿는 것도 일종의 트렌드가 되어버려서 우리가 종교의 간지를
따지는 토 나오는 시대에 돌입하게 되었지만 기도의 힘은 세상이 어
떤 꼴로 변해도 여전할 것이다. 서로를 위해 많이 기도합시다.

여자들은 기분 나쁜 말에 상처받고 남자들은 상처받았다고 그걸
짚어내면 상처받는 것 같아.

내가 만약 힘이 많은 정부와 관련된 일을 하는 사람이면 태풍 주의 보를 이용해서 사람들을 다 집에 있게 한 뒤 아무도 나와 있지 못할 때 국민들 몰래 별의별 프로젝트 다 시행할 것 같음.

다 돈 때문이야. 돈이 모든 걸 걸레로 만들었어. 나라는 사람의 존재까지도.

내 성격과 나를 작업하게 만드는 원천에 대해서 얘기하고 싶다. 난 누가 내 자존심을 건들면 그때서야 잘한다. 초등학교 때 다니던 학원 선생이 애들 앞에서 나에게 면박을 많이 주셨었다. 그땐 미친듯이 화가 났지만 지금 생각하면 너무 감사해. 왜냐면 다음날 내가 시험 성적표를 가지고 와서 입술 삐죽 내민 채로 보여드리면 씨익 웃으셨거든. 힙합하면서 더 그랬다. 난 시작하자마자 엄청 터졌다. (욕설과 비난으로) 그때 느낀 분노를 지금도 잊지 못한다. 난 그들을 더 도발했고 그럴 때마다 그들도 더 도발했고. 그 전쟁의 결과는 그냥 지금 현재 나의 모습이다. 압도적인 승리냐고? 아니다, 지금은 누군가를 이겨야겠다는 마음이 예전 같지 않아서 심심하면 지나가는 비둘기에게 총 쏘는 할일 없는 군인이 된 기분이 들 때가 너무 많다. 왜냐면 큰 자극이 없거든. 정말 날 죽이고 싶다면 날 외면하고 무시해야 한다. 애인이든 친구든 리스너든 적이든. 지금도 여전히 화나 있는 내 모습을 자주 발견한다. 멀뚱히 앉아 있다가 혼자 누군가를 상상하면서 성난 개처럼 입이 올라가고 눈이 날카로워진다.

내 친구 래퍼 한 명이 있는데 그 자식은 술만 취하면 옛날의 내 음악을 깠다. 모두가 보는 앞에서. 너무 구체적이고 섬세하게 까서 할 말이 없었던 적이 많았다. '병신 너 발성 좆같아' '야 또 사과했냐?' '야 맨솔처럼 쿨하다매? 왜케 소심하게 굴어, 안 쿨해 병신아' '난 니 가사는 좋아도 랩은 니가 XX 누구보다 좋은지 전혀 모르겠는 데?' '라이브 뭐냐, 그렇게 하면 니 좆된다' 다 기억나. 불주사처럼 내 뇌에 자국이 눈에 잘 보이게 나 있거든. 그 친구는 내 걱정 반 견제 반의 마음으로 그런 것 같아, 내 생각엔. 근데 의도와는 상관없이 난 진심 그의 비난을 들을 때마다 눈에 불이 켜지고 심장이 무리하게 뻠삥 됐었어. 아프고 빡치는 만큼 내가 그 자식 이기려고 미친 듯이 달렸거든. 어느 기준에선 내가 정말 이미 그랬는지도 몰라. 지금은 잘 안 보지만 사실 그때가 그리워. 그냥 친구니까 찌질하다 할지라도 서로한테 솔직할 수 있었던 그때가 지금보다 괜찮아.

지금은 모두가 각자 집 짓고는 옆집 놈의 집이 제발 불타길 기다리면서, 뒷마당에선 집 더 개조시키려고 남들 몰래 보수공사하는 때야. 좆같아, 이젠 진짜 혼자 남은 기분이야, 강한 잠재와 충성심을 가졌지만 동시에 강아지들보다 천진난만한 마음을 가진 동생들은 걱정될 때가 많아. 이번에도 이겨낼 거라 믿고 있고 늘 자신 있었지만 내가 두려운 건 그 과정에서 내가 받을 상처들이야. 달리자.

정말 간만에 비즈니스가 아니라 뮤지션 대 뮤지션으로 깊은 대화를 나눴다. 많은 사람들은 내 음악을 그냥 무슨 똥으로 본다. 창의력도 몰라주고 성의도 몰라주고 단지 겉으로 드러나는 욕설이나 껍데기만 보고는 '저질' '삼류' '유치' '가벼운'이라는 수식어를 달고 비판이나 비난보다 더 기분 상하는 '경멸'의 경지로 깎아내린다. 이런 것들이 그냥 저기 타자기 뒤에서 뭐라 하는 루저들한테 그런 소리 들을 땐 순간적인 빡돎이 정말 큰데 제일 열받고 서운한 건 가까운 친구나, 동료나, 기타 등등 나를 잘 아는 사람들이 그럴 때다. 그냥 기분 나쁜 정도가 아니라 그 사람에게 정이 떨어진다. 단순히 내가 나르시스트라서 느끼는 기분이 아니라 도움을 달라고 소심하게 외치는 부분도 있는 거거든. 그래서 빈말하는 듯한 사람들은 아예 들려주지도 않고. 또 한때 나의 동료들이라고 생각했던 사람들이 날 경쟁자로 몰아넣고선 견제하기 시작한 그 시점부터 난 그냥 내 음악 거의 아무에게도 들려주지 않기 시작했다. 특히 같은 업종에 있는 사람들에겐 더더욱. 냉소가 너무 많아졌어, 이젠 서로를 존중하고 재미있게 놀고 즐기는 게 아니라 그냥 견제뿐이야. 〈500마디〉 처음 내기 전에 어떤 동료에게 미리 들려줬을 때 연습이라고 생각하고 별로 좋지도 않은 거 내지 말라고 했던 어이없는 소리도 들었었다. 아무튼 그런데 어쩌다 바스코 형이 우리집까지 찾아와주셨네. 진짜 많은 얘기들을 나누고 단순히 일방적으로 내가 내 음악만 들려준 게 아니라 테이블 위에 아끼던 요리를 서로에게 먹이는 기분이 들었다. 정말 오랜만에 누구한테서 존중받는 기분이 들었다. 날 단순히 '언젠가 자기에게 돈 벌어다줄 수 있을지 모르는 사람' 혹은 아부, 아첨 혹은 시기, 질투로 대하는 게 아니라 서로 남들에게 보여주기 싫은 상처를 조심히 꺼내 보여주면서 '아 형은 그런 거 있나요, 그럼 전 이거' 하면서 진심 어린 격려를 듣고 하는데 내가 초반에 왜 이 일이 재밌었는지… 그리고 동네에서 알던 소꿉친구들이나 불알친구들과는 가지지 못하는 공감을 느끼며… 간만에 내 옆에 친구가 있구나, 라는 생각도 하게 되었다. 바스코 형 4집 개또라이 앨범이다. 진심으로 바스코 형은 음악을 감독할 줄 안다!

장례식이나 예배시간에 누구의 바지가 찢어졌다든지 하는 웃긴 상황이 벌어질 때 못 참고 웃는 사람들 보면 순수해 보여. ㅋㅋㅋ 난 대부분의 경우 절대 웃음이 안 나온다. 대신 아무도 웃지 않을 때 혼자 웃고 좋지 않게 모두의 시선의 중심이 된다. ㅋㄷ

사람이랑 친해지는 방법 자체를 까먹어버렸다. 가만 보면 내가 다 막아내더라고. 내가 누구랑 전화통화하는 거 친구들이 옆에서 보면 차갑고 방어적이라고 하더라. 좀 중간 지점을 찾고 싶다. 예전의 난 당하기 쉬운 성격이긴 했지만 적어도 누구랑 만나도 잘 웃고 놀았는데. 1년 전에 어디서 내가 찍힌 어떤 영상자료 보는데 지금과 엄청 다르더라고. 완전 밝아. 무뎌지는 법에 너무 고수가 되어가는 것 같고, 가끔은 그냥 소울리스한 사회인이 된 것 같다. 다시 나아지려고 매일 노력하고 있는데 사실 잘되어가는 것 같다. 보고 싶긴 하지만 뭔가 다가가기 힘든 주위 사람들한테 요즘 연락하면서 연습하고 있는데. 모든 게 좋아질 거라 믿자.

강아지 한 열 마리가 다같이 기계같이 꼬리 흔들면서 좋다고 다가올 때 그것보다 예쁘고 기분좋은 게 어디 있을까. 나 좋다고 그렇게 대놓고 티 내면서 말이야. 다 커서 징그러워서 발도 드럽고 하는 것들이 내 옷 망가지는 건 생각도 못하고 냄새나는 지 똥구멍 핥는 혀로 내 얼굴 다 적셔놓고 퉤퉤. 그래도 그것보다 좋은 게 없어. 급소 다 보이게 위험할 수도 있는데 배 까고 누워서 자신의 의지와 자존심을 굽히고. 너무 신나서 오줌까지 싸는 경우도 있는 바보들. 뒷담화를 절대 할 수 없는, 모든 감정의 표현이 직설적으로만 나타나고 가면의 의미를 모르는 이것들 말이야. 나의 경계를 파괴하지도 않고도 그걸 아예 무너뜨리는 게 너무 대단해. 멍청한 새끼들. 예쁜 새끼들.

어릴 때 예뻤던 여자들을 보면 항상 칭찬받았잖아. 부러움과 질투 등등도 받아봤고. 근데 연예인들도 멋이나 때깔 업그레이드되고 성형기술이 발달하고 자신보다 덜 예뻤던 친구들도 자기보다 예뻐지고. 이래서 성형하는 것 같아. 원래의 위치를 지키기 위해. 원래의 위치보다 아래로 내려가는 듯한 기분을 느낄 때가 최악인 듯. 그건 남녀노소 다 비슷할 것 같아. 스스로 맨 위에 있다고 생각하는 건 그래서 위험해. 그런 정신 상탤 경험해본 사람으로서 말하자면 자신을 오래된 건물이 무너지듯 파괴한다. 원래의 위치 = 난 잘하지만 항상 고쳐야 할 것이 있다고 늘 생각하는 태도. 이쯤만 해둬도 안전할 듯.

머리가 폭발할 때 필요한 건 웃음이다. 마크 퉤인이라는 말빨하고 말장난 펼고 교과서에 실제로 맨날 나오는 뭐 그냥 미친듯이 세계적으로 유명한 작가 있는데 신이 인류에게 주신 가장 큰 무기가 웃음이라고 했을 때 처음엔 이해가 안 갔는데… 휴지통이 넘치려 할 때 치우는 것처럼 모든 걸 해소해주는 게 웃음인 듯해. 내추럴 마약. 자연스러운 하이. 그리고 이 시대에서 제일 중요한 건 꽁짜다. ㅋㄷ 앞으로 웃긴 음악도 더 만들게요! 웃자!

연애도 비즈니스 같아. 나 차 뭐 있어, 우리 집안 이래, 나 어디 학교 다녔었어, 내 직장 회장 이 사람이야, 나 예뻐, 몸매 쩔어, 너같이 생긴 놈이 나 정도 가지려면 그 정도는 당연하지, 또 뭐 있어, 나 유학 다녀왔어, 우리 엄마 사진 봐봐, 우리 아빠 키 몇…

모든 것에 등급이나 모두가 협의라도 본 것처럼 구체적으로 적어놓지는 않았지만 암묵적으로 인정하는 기준도 생긴 듯. 나 우리 학교 짱, 나 우리 학교 전교 1등, 나 수석으로 입학, 나 9등신, 나 이 동네 이 아파트 살아, 나 차 무슨 클래스 몇 시리즈야, 이렇게 명확할 수가 없다. 나도 역시 이 시스템의 일부. 우린 우리가 존나 똑똑하고 앞서고 사기를 안 당하고 세련됐다고 생각하지만 하나같이 다 병신 같다는 생각을 요즘 특히 자주 함.

몇몇 남자들이 자기가 돈 많은 것처럼 위장을 하듯, 몇몇 여자들은 자신의 프로필 사진 등 얼굴을 과하게 더 예뻐 보이게 하는데, 이 몇 몇의 남자와 몇몇의 여자들이 이런 행동을 하는 것은 자신감과 자존감의 결여 때문이겠지 당연히. 이걸 통해 우린 우리 사회의 남과 여가 이성에게 무엇을 가장 많이 바라는지 알 수 있다고 생각한다. 정리하자면 대한민국 남자는 여자의 외모를 가장 중요시하고, 대한민국의 여자는 남자의 경제성을 가장 중요시하는 성향이 강한 듯.

인간이란
여러 면을 가진 주사위야.

난 진심 착하다고 평판이 나 있는 사람이 도둑질했다든지 누구 팼
다든지 해서 그 사람 아예 나쁘게 보기 시작하는 거 이해 못함. 직
접 당한 사람이라면 몰라도 인간은 선과 악 둘 중 하나인 단순한 존
재들이 아님. 다 똑같아.

가벼운 말이라 해도, 혹은 그냥 글을 써도 뻔하지 않으려 하는 마음은 많은 사람들한테 있을 텐데, 난 그것보다 더 나가 항상 뭔가 자극적이고 센 주제만을 가지고 또 거기에 세고 극단적인 의견을 강박적으로 보여주는 버릇이 있었다. 너무 다르고 싶었던 마음이 너무 컸던 듯. 근데 그렇게 안 해도 충분히 다를 수 있다. 배운 게 있다면, 가는 길이 어렵다고 해서 포기하는 건 멋있는 행동이라고 하긴 좀 그렇지만, 그렇다고 어려운 길을 일부러 택해 사서 고생하는 사람이 멋있어지는 건 또 절대 아님. Do what u CAN do.

간만에 나보단 좀 많이 어린 곤조 센 놈 만나서 대화 나눴더니 걱정 반 존경 반 느꼈는데 아무리 기준이 세고 아무리 곤조 있고 자신을 존중하는 강한 사람일지라도 병신들이랑 어울리면 지도 덩달아 병신되고서는 나중엔 부끄러워하지도 않는다. 정신 차려야 한다. 포기라는 건 마지막 순간에 사막에서 죽음을 막기 위해 먹는 자기 오줌으로 생각하자. 병신은 까맣게 젖어서 보기만 해도 토 나오는 밴디지처럼 멀리 던지자. 힘.

리더는 구성원들 중 그 누구보다도 눈치를 많이 봐야 한다. 이것은 잘될 때일수록 더더욱 그렇다.

겸손한 척하는 사람은 뻥쟁이랑 별로 달라 보이지 않음. 아니, 더 구림. 뻥쟁이나 겸손한 척이나 둘 다 관심받고 싶은 사람들인데 뻥쟁이 멍청해 보이기라도 해서 순수하게 느껴지지만 겸손한 척은 그닥 안 똑똑하게 머리는 굴리는데 일단 굴렸다는 것 자체 때문 더 구림.

참고
내 정의의 겸손, 자신을 객관적으로 보고 대하는 것.

음악이 멋있는 이유는 나에게 있어서 공평한 이유는 눈을 뜨고 들을 필요가 없다는 사실과, 교육이나 자격증 없어도 할 수 있다는 것. 대학이나 삐까뻔쩍한 집도 필요없고 계급도 없고 짬이 있어야 악기를 잡는 것도 아니고 그 누구도 누구에서 절대 뺏을 수 없는 창의력으로 승부를 보기 때문이다. 내 얼굴 갈기갈기 찢어놔도 지갑 뺏어도 입까지 막아버려도 사람의 마음을 이미 젖게 한 감동, 영감, 유머 등등까지는 접근할 수 없다. 음악이 점점 상품화되어가면서 판매를 하기 위해서는 눈에 보이는 것들이 더 중요해지고 아니 사실 그게 이제 거의 전부까지 돼버린 부정하고 싶은 현실이지만 티브이를 끄고 불도 끄고 이어폰이든 헤드폰이든 스피커든 그냥 눈 감고 뒤로 누워 청력을 제외한 모든 오감을 끌 때 생기는 그 현상은 없어질 수 없다. 음악 그리고 모든 예술은 마음을 위한 소고기다. 즐깁시다. 힘.

나를 가장 불행하게 하는 건 내 입을 막는 사람들과 그 행위야. 내가 정말 맞다고 생각하는 걸, 내가 만든 케이크를 '이건 아니다'라며 자기 맘대로 색깔을 바꾸거나 그걸 군화로 밟는 것 등등. 이건 그냥 날 말 그대로 미치게 해. 난 많은 면에선 어른스럽게 행동하지만 또 여러 면에선 아직도 초등학생 같아서 주위 사람들에게 피해도 많이 주는 것도 알고. 그래서 특히 나랑 일하는 사람들은 나의 일하는 방식에 당황하고 겁도 먹고, 불안정하다고 생각을 하기 때문에 나를 컨트롤해야 한다고 생각도 할 텐데, 그걸 내가 이해 못하는 건 아니고 오히려 미안하게 생각해.

하지만 shit. 난 그냥 반쯤 고장난 비행기 탱크에 기름도 별로 안 넣고 육지에서 너무 떨어져나가 미친 새끼같이 무리하게 조종하는 게 스스로 간지난다고 생각하고 또 잘해. 난 개 잘해. 넘버원, 치라인 머더뻐낀 킹, 라이벌 없어, 내가 알아. 다르게 생각하는 사람들 말은 듣지도 않아.

담아두면 삶의 짐가방이 무거워질 뿐. 기회가 생길 때 놓치지 말고 테이블 앞에 서로 마주앉아 있는 서운함 다 올려놓고 대화하면 어깨가 가벼워짐. 자연재해, 천재지변은 신이 맡아서 해결하는 일이고, 인간은 인간관계의 문제를 말로서 해결할 생각만 하면 된다. 물론, 이론적으로는 단순하지 사실 그렇게 쉬운 건 절대 아님.

진심 거의 8년 고민하다가 방금 소변보다가 생각났는데 프로의 정의는 아무래도 이거 같아. 일할 때 감정을 배제하는 것!

사실 정말 모자란 사람 아니면 멍청한 사람은 우리가 생각하는 것보다 숫자가 훨씬 적은 듯. 다들 감정적일 때 멍청한 행동을 하는 거지. 어느 정도 나이가 차고 사회생활 해본 사람들은 알 것 다 알기 때문에 실수를 잘 안 해. 하지만 감정을 관리하지 못하고 컨트롤을 놓칠 때 진짜 병신 같은 행동을 하게 되는 경우가 너무 많더라고. 똑똑한데 멍청하단 소리 들으면 억울하잖아. 감정 제어 능력을 높이자.

친구가 믿음직스러울 땐 찌질한 모습을 보일 때인데, 왜 그게 신뢰가 가냐면 내 앞에서는 가면을 쓰고 있지 않다는 걸 알기 때문인가 봐요.

많은 사람들은 내 앞에서 자기 얘기하면서 운다. 조금 전에도 그랬는데 나 그렇게 나쁜 사람 아닌가봐 하는 생각이 드니 좋다. 평소에 스스로를 깎아내리는 게 버릇인 사람으로서 어떻게 보면 이건 최고의 칭찬. ㅋㄷ

래퍼한테 있어 모든 노래는 더 잘될 수 있는 금볼링볼 같은 기회다.
작품 발표 후 원하는 반응을 받지 못했다면
1. 결과물이 구렸다. (이게 95프로)
2. 홍보가 잘 안 됨. (결과물이 좋았다면 나중에 언젠간 알아줌.)
위 두 가지의 경우는 당연히 창작하는 사람을 힘 빠지게 한다.

그래서 결국 또 두 가지 선택을 해야만 한다.
1. 때려치우기
2. 될 때까지 하기

그냥 될 때까지 하자. 한때 그 정신을 잃었지만 이젠 아니다. 그냥
될 때까지 하는 거야. 돈은 열심히 하는 사람에게 주어지는 보너스
처럼 알아서 찾아오는 거다. 그냥 진짜 계속 계속 계속 하는 거야.
절대 만족하지 말자.

거짓웃음은 모두가 알아보고 규모가 큰 하수구처럼 가까이 가려 하지 않는다. 대신 진심으로 웃으면 사람들이 곁에 있고 싶어한다. 많이 웃는 사람들은 하나같이 무슨 숲속의 연못을 찾는 다양한 동물들처럼 그 주위에 있으려 한다. 쉽지만 어렵다. 웃자!

하수도의 맨 밑 그리고 하수구 바로 위 둘 다 겪어본 사람으로서 느낀 건 내가 잘나가지 않으면 친구 같은 건 절대 없어. 히히 하하 같이 술잔 찡 했던 사람들은 내가 병신 된다 싶으면 쌩까고, 또 돌아오니까 히히 하하 다시 웃더라. 걔네들이 이상해? 아니 전혀. 그냥 그게 세상이야. 어떻게 보면 선과 악이라는 건 존재하지도 않아. 우리가 나무면, 바람이 우리가 서쪽으로 밀리게끔 불면 우린 서쪽으로 밀릴 뿐이고, 반대로 불면 또 동쪽으로 기울어지는 것뿐일지도 몰라. 여름의 태양이 너무 뜨겁고 너무 건조하면 불타는 거고 겨울에 추워지면 얼어죽은 듯이 있다가 봄이 되면 푸르게 변하고 그 위에 다람쥐랑 새랑 매미의 따뜻한 둥지가 되어주는 거야.

중요한 건 변화에 적응하는 거야.

정말 오랜만에 연신내 집에 왔다. 택시 타고 막 여기저기 보는데 추억이 너무 많아서 눈물날 뻔. 간만에 진짜 몇 개월 만에 기업이나 가게가 아닌 사람 그것도 어머니가 해주신 밥 먹고, 목수 일을 좋아하시는 아버지가 만든 침대에서 꽤 오래 잤다. 엄마는 근데 내가 거지인 줄 안다. 나한테 용돈 하라고 10만 원 주심. 돈 나도 나름 언더에서 항상 다섯 손가락 안에 들게 버는데 안 받아 안 받아 하다가 엄마 자존심도 생각해서 지금 받음. 약한 소리 하는 거 되게 좋아하는 편인 내가 무슨 말을 못 하겠어.

이미 그러기엔 늦었으니 숙명으로 받아들인 지 오래지만 나도 우리 엄마 아빠가 부자였으면 얼마나 좋았을까 자주 생각해. 비싼 스튜디오 얻어서 용돈 타 쓰고 그냥 응애응애 받고. ㅋㅋㅋ 신도 참 공평하신 게 내가 수익이 생기기 시작한 그때 어머니 아버지께서 돈 벌지 않기 시작함. 이제 이 균형도 곧 깨트리리라. 아, 호주 가서 거의 10년 가까이 혼자만의 삶을 산 우리 친형이 참 보고 싶은 날이네. 휴. 오늘은 동네 애들이랑 술이나 먹자.

아직 제 나이가 안 된 동생들한테 꼭 하고 싶은 말이 있다면 하고 싶은 게 있다면 특히 그 나이엔 포기할 필요는 없다고 생각해요. 저도 22살 때 랩 시작했는데 그전에 한참 뭘 할까 고민하지 않고 술만 처먹고 길거리에서 굴러다녔고 그때 전 앞길이 막힌 지하철 공중화장실보다 더 답 안 나왔어요. 실패해도 너의 용기 자체가 앞으로 너의 삶 자체에 큰 무기 업그레이드될 거라고 믿어. 참고로 난 아직도 내가 원하는 거 못 이뤘는데 그것 때문에 동생들은 겁먹을 것 없고.

이렇게 봅시다 인생을. 니콜라스 케이지 주연 영화 〈Lord of War〉라는 거 있는데 거기서 걔가 하는 말이 있어. '인생은 두 가지 비극이 있다. 첫번째는 자신이 원하는 것을 얻지 못하는 것. 그리고 두번째는… 원하는 것을 결국 얻어내는 것' 이 두 개의 양극 사이에서 좋은 밸런스를 찾아가는 게 중요한 것 같아. 너무 굶지도 말고 너무 먹지도 말고 너무 착하지도 말고 너무 못되지도 말고 아 시발 점점 할아버지같이 들리려고 한다. 그냥 하고 싶은 대로 살아. Fuck the system!

남자와 여자 각각의 귀여운 허세 얘기를 하면 대충 이렇게 되는 듯.

남자
1. 술
2. 싸움
3. 인맥
4. 위닝

여자
1. 밥
2. 여행
3. 남친 선물
4. 인디영화 명대사

나 같은 직업 가진 사람들은 맨날 오해받아. 그래서 과감하게 그냥 가오 안 잡고 자신을 옆집 사람으로 만드는 게 제일 좋은 것 같아. 어차피 알고 보면 누구나 다 누군가의 옆집 사람이니까. 그냥 항상 진실하자. 잘못하지 않았는데 비난에 사과하지도 않고 그저 내 친구들이 아는 나대로 행동할 수 있는 용기만큼은 잃지 않았으면 좋겠다. 내 친구들은 안 그러겠지만 절대 우린 타인의 말에 휩쓸려 파도 타지 않길. 힘.

얼마나 많은 사람들이 나를 아는 게 중요한 게 아니라 나를 아는 사람들이 나를 얼마나 아느냐가 더 중요하다는 걸 요즘 깨닫고 있음. ㅂㅅ짓거리도 많이 하고 그런 게 나를 보는 관점에 안 좋은 편견을 심었다면 나를 재창조하는 건 내 몫.

너의 비밀에 대해서 조심하는 편이라면 저어어얼대 애인 있는 친구한테 니 비밀을 알려주지 마. 다음에 그의 애인이랑 놀 때 그 여자애 모를 것 같지? 너가 지난 여름에 뭘 했는지 다 생각하면서 너 대하는 거야. 속지 마아.

사람이 참 환경에 의해 이렇게 되고 저렇게 되고 한다는 게 생각하면 할수록 흥미로운 게, 사람의 캐릭터 설정이라는 게 있잖아. 뭐, 예를 들어 문지훈은 얼굴 크고 눈 째지고 좀 뚱뚱하고 목소리도 굵다. 그렇기 때문에 내가 웃고 있지 않으면 대충 '무섭다'라는 이미지를 심어줄 수 있거든. 근데 맨날 실실 쪼갠다. 그럼 귀여운 돼지 오빠가 된단 말이야.

초등학교 3학년 때 한국 처음 와서 3학년 9반 들어갔을 때 나를 잘 알지도 못하는 애가 나 보고 반에서 '짱' 하라고 맡겨서 난 그냥 그런가보다 하고 그 역할을 했는데, 이전까지의 내 성격과는 전혀 상관없이 난 다음 학년에 올라갈 때도, 중학교에 올라갈 때도 고등학교에 올라갈 때도 점점 그 캐릭터가 나의 옷이 되었고 나중에는 문신까지 되어버리더라고.

이렇게 사회에서 사람들끼리 어떤 단체를 만들 때 반드시 모두가 맡아야 하는 역할을 서로 정해주는 것 같아. 얘는 웃긴 새끼, 얘는 모두가 무시하는 동시에 챙겨주는 새끼, 얘는 병신 역할, 얘는 요리하는 애 등등. 근데 난 그 당시의 나를 너무 잘 기억하는데 난 폭력적이거나 상남자 성격이 아니었다는 거지. 내가 무슨 얘기하려는지 혹시 알려나…. 어쩌면 우리의 자아가 그렇게 강한 게 아니야, 라고 말하는 정도가 아니고, 또 환경에 의해서 착했던 놈이 나쁜 놈이 된다 이 말도 아니고, 오히려 더 나아가서 사람이라는 붓은 환경에 의해서 변할 뿐 애초에 투명한 색을 가진 것 같다는 생각을 많이 해. 그냥 어떤 것이든 자신을 채우는 것이면 담아버리는 컵 같은 존재. 만약 내가 거인들만 다니는 학교에 갔다면(초등학교 3학년 평균 키 2미터 10센티) 아무도 나를 짱 시켜주지 않았을 거고, 나는 그곳에서 살아남기 위해 훨씬 힘든 생활을 했을 거야. 전에 잠깐 알고 지내던 동생(굉장히 무서운 느낌임, 덩치 산만해가지고) 생각하다가 그 친구에게 '야 임마 너 왜 이렇게 무서워~'라고 할 수도 있는데 내가 당장 맡은 사회에서의 역할 때문에 그걸 말도 하지 못한 게 갑자기 신기해서 이 글을 쓰게 됐어. 내가 걔보고 '야 너 무서워'라고 하지 못했던 건, 그건 내 본분을 망각하는 행동이 됐기 때문이라는 생각이 들더라고. 헐.

글이나 영화나 만화에 꼭 무슨 멋있는 결론이 나야 그게 좋은 작품이라는 법은 절대 없는데, 그냥 최대한 그 어떤 것이든 나는 받아들일 각오가 돼 있다는 태도로 사는 게 나한테는 좋은 듯.

즉 대나무보단 이쪽으로 불어도 저쪽으로 불어도 중심만 잃지 않고 사는 미역이 나은 게 될 수도 있다는 것. 그래서 쿨한 사람이 인기가 많은 거야. 후배들 앞에서 장군인 척하다가 조금 기 센 선배 만나면 내시 되는 애들은 멋없잖아.

허세 부리는 애들이 알고 보면 제일 약한 애들임. 옷, 돈, 힘, 똑똑한 척…. 다 그 사람이 자신에 대해서 구체적으로 무얼 쪽팔려하는지 바로 알려주는 마음속 금고의 비밀번호 같은 게 허세임.

가격이나 볼까 하고 롯데마트 갔는데 삼성하고 엘지 매장이 사이에 벽도 없이 붙어 있길래 일단 나에게 유리한 거 알고 두 팀을 경쟁시켰지. 평소보다 옷을 삐까뻔쩍하게 입고 좀더 여유 있는 걸음에 표정과 말투엔 '사기치지만 않으면 난 살 생각 있으니 이 외국물 먹은 자영업하게 생긴 나를 누가 꼬셔보세요' 간지로 쩍벌하고 소파에 기대았고, 비스듬히 뒤로 걸친 모자 모양 좀 잡고 기도하는 자세로 두 손 모아 비비고 양쪽에서 제시하는 가격 관심 없는 척 들으면서 (속으로는 계속 쪼달림) 있다가 결국 60인치를 말도 안 되는 가격 305에 사게 됨. 크카카카카. 물론 정말 큰돈이지만 삼성 60인치 그 가격에 진열 상품도 못 구함. 거기서 60인치 아마 단종시키려고 헐값에 넘기는 눈치던데 3년 전에 산 40인치보단 훨씬 크고 기능 만 배 좋고 이 정도에 너무 흐뭇해서 계산하고 걸어내려갈 때 한쪽 다리 부러진 것 같은 모습으로 유유히 건물 밖을 나섬. 그리고 이제는 한동안 김밥천국 삼식.

실력 없는 사람치고 안목 좋은 사람 본 적 없음. 근데 또 실력 있어도 안목 없는 사람 너무 많음. 결론. 실력과 안목은 서로 달라.

10000시간의 법칙 아는 분. 대충 이러함. 아무리 천재라도 사실 어떤 사람이 어떤 것을 마스터하려면 그 정도의 시간이 걸린다고 함. 하루에 한 시간 피아노 두들긴다 가정해보자. 10000시간 채우려면 그냥 대충 계산하면 30년 걸린다.

2시간 연습 15년, 3시간 연습 10년, 10시간 연습 3년.

책 총 4권 쓴 말콤 그래드웰이라는 이 아저씨가 인간심리, 경제, 사회적 현상 등(사실 어디 항목이나 장르에 분류해야 할지 모르겠음, 여튼 읽어보삼) 이런 분야에선 그냥 혁명가로 통하고 있었는지 꽤 오래됐음. 내 기억이 맞다면 2000년 초반에 첫 책을 냄. 아무튼 위에서 언급한 책 중 하나인 〈Outliers〉에 있는 내용에 의하면 10000시간의 법칙은 누군가가 자신의 잠재의 마지막 한방울까지 끌어다 쓰기 위해서는 연주자든 스포츠 하는 사람이든 화가든 대강 이 정도의 시간을 투자해야 한다고 하더라.

이 어이없는 주장이 현실적이라는 것을 증명하기 위해 여러 가지 실험들을 하고, 또 대단했던 사람들이나 많은 기준에서 성공한 사람들의 삶을 가지고 근거를 대는데 설득력이 끝나. 이러다가 책에 대해서 얘기해버릴 것 같은데 스포일러 안 하고 여러분들한테 그 재미를 주고 싶은데, 내가 하고 싶은 말은 뭐냐면, *fuck that genius shit.* 많은 이들이 평가했을 때 역사상 최고의 음악적 두뇌를 가진 모짜르트 아저씨도 20살 전의 작품들은 지금도 그 이후의 작품들에 비해 인정을 못 받는다고 한다. 말콤 아저씨의 말에 의하면 왜? 그땐 10000시간을 채우기 전이었으니까. 그가 그의 안에서 최고의 작품을 꺼내기 위해서는 반드시 지나야 했던 익어야 했던 성숙하고 우려내야만 했던 시간들이 필요했던 거니까.

내가 3년 동안 수백 명의 아이들을 데리고 지금까지도 랩을 가르치는데, 처음에 오는 놈들 그 당시의 연습량을 어림잡아 계산했을 때 100시간도 되기 전에 그들은 말 그대로 쓰레기다. 3년 가까이 나한테 배우는 놈들도 있다 아직도. 나도 어릴 때 어설프게 보컬 학원 다니면서 그냥 여자들한테 멋있어 보이려고 꼴 떨던 시절이 있었는데 애들이 나한테 매주 숙제 가지고 올 때 얘네가 진짜 연습했는지 안 했는지 눈치 못 챌 것 같나. 그런 애들은 내가 아무리 혼내도 연습 안 해. 그래서 느는 속도를 보면 그냥 진짜 나한테 올 때 말고는 랩을 거의 안 하는 것 같아.

일주일에 한 시간? 일 년에 대충 48시간. 많이 줘서 100시간 치자.

말 그대로 100년 해도 안 될 새끼들이야. 제가 지금 어디 방향으로 여러붕 데리고 가려는지 보여요? Fuck that genius shit, 아무리 재능 있어도 노력 안 하면 병신 됨.

또다른 예를 들자. 내 학생들한테 예를 빌리자고. 내 학생 중 진심 꼴등 새끼 하나 있었어. 진심 개 못.했.어. 근데 그 학생을 통해서 난 내 인생의 가장 큰 거 하나를 배웠어. 좆나 아이러니하다 그치. 그 새끼는 있지,

"라임의 법칙 간단한 거 알려줄게요. 여러붕 따라오삼. 라임은 내가 아주 쉽게 쉽게 정의하기를, 모음 소리의 반복, 자음 소리의 변화. 이걸로 단어들 매치시켜놓고 자신의 원하는 패턴으로 만들어 써서 촌스럽지 않으면 힙합임! 자 다시 모음 소리의 반복, 자음 소리의 변화. 가 나 다 라. 이들의 공통점? 'ㅏ' 모음임. 다른 점? 자음들이 다 바뀜. 간단하고 쉽지?"

내가 이렇게 가르쳐주잖아? 이 친구는 말이야, 그것도 못했어. 내가 아무리 알려줘도 매주 똑같은 개소리. 난 진심 얘랑 있는 시간이 괴로웠어. 고1인가 그랬는데 당시에. 처음엔 얘를 통해서 난 내가 늘 내 머릿속에서 가지고 있던 이론이라고 해야 하나, 가설이라고 해야 하나. 그걸 확정시키는 편견의 사시미가 되어줬지. 왜냐면 그

걸로 얘를 콕콕 찌르면서 나중엔 내 학생단에서 팔랐으니까.

내가 말한 가설은? 재능 없으면 아무리 노력해봤자 안 됨. 음악에 재능 없다고 스스로 생각하면 시간 낭비하지 말고 빠빠해~^^ 얘가 성격도 내가 도저히 용납할 수 없는 수준으로 말도 짧고, 말주변도 없고 랩은 안 늘고 뭔가 내가 알려주려고 하는 게 조금도 통하지 않은 것 같아서 그냥 빠빠 시켰어. 2년 정도 지나고 누군가를 통해서 우연히 이놈의 랩을 듣게 됐지. 내 가설 무너짐. 난 다시는 누구 보고 '얜 절대 안 돼. 죽어도 안 돼'라는 말을 안 하기로 했다. 어떻게 보면 새끼 호랑이가 당장 나 못 죽인다고 븅신이네 하고 발로 잔인하게 밟아버리고 그놈 안에 있는 잠재를 무시한 거지. 신의 얼굴에 뺨 때리는 간지로. 모두가 내 포인트를 대충 이해한 거라 듣고 난 도망. 빠빠! 그러니까 정리하자면! Fuck that genius shit. 10000시간 채우려고 노력하세요. 릴 웨인, 에미넴, 칸예 등 내가 존경하는 래퍼들 보면 다 옛날에 개 못했음. (못했다기보단 진짜 안 익었음.) 그러다 앨범 몇 개 내고 나면 어느새 마스터의 경지에 도달해 있더라. 포기할 거면 한 30살에 포기해라 동생들. 그전에 때려치울 거면 시간 낭비하지 말고 지금 빠빠해.

사람을 좋다 나쁘다 선하다 악하다 흑과백 논리로 나누는 건 위험.
김정일도 지 가족은 챙겼음. 그 누구도 한쪽에 없는 건 엄연한 진
리. 나를 싫어하는 사람한텐 난 악당인 법.

집에 미국 바퀴가 너무 많아져서 세스코도 불러서 얘네들 죽이는 먹이 60군데 집 곳곳에 심어놨는데 얘네들이 이걸 먹고 서서히 죽어가면서 그 사체나 얘네가 싼 변이나 토를 다른 애들이 또 먹어서 그게 퍼져서 결국 우리집에 오는 걸 막아내는 작전으로 퇴치 시행하고 있는데 아… 미국 바퀴라서 너무 크다. 지금 시체 몇 마리 나왔는데 아니 한 마리는 지금 시체가 아니고 다리만 조금씩 움직이는데 너무 빡친다. 그냥 기분 더러워지는 것 있잖아. 뭔가 하루 망치는 느낌. 그러다 또 문득 전쟁 나가서 죽어가는 사람 혹은 부상자. 죽어가는 사람들 보는 사람들이 왜 정신병에 시달리고… 평생 자다가 악몽 꾸고 깨는지 조금이나마 이해될 것 같은 기분…. 바퀴벌레 때문에 치가 떨리는 게 사람인데 사람이 부자연스럽게 괴로워하면서 죽어가는 거 보면 얼마나 트라우마가 크겠어.

아, 바퀴 멸망해라, 전부 다… 진짜 징그러운 새끼들… 진심 바퀴 때문에 잠 못 자겠다. 언제 또 튀어나올까 계속 신경쓰이네. 우와, 사람이 이런 거 가지고 고작 이런 거 가지고 계속 날이 서 있네. 어차피 못 자는 거 좋은 글이나 하나 쓰고 자자. 없다. 자자, 제발.

내가 누군가를 바꾸는 건 불가능한 일이고 특히 애인 고를 때는 현재의 그 사람이 어떤지 충분한 시간을 가지고 잘 파악한 후 사귀는 것만이 답. 전화 잘 씹는 스타일인가, 술버릇이 나쁘나, 부모님께 잘하나, 동물이나 동생 등 약자에게 대하는 태도, 좋아하는 예술 장르, 지식에 대한 갈망 등등 다 봐야 하는 법.

차 살 땐 그렇게 꼼꼼하면서 아니 컴퓨터만 사도 그러는데. 시각적 미는 곧 내면의 미로 바로 해석하는 우리의 본능이 벌레가 빛 보고 달려가는 원리고, 바퀴처럼 조심하고 견제할 필요를 느낍니다. 걔네들이 괜히 그렇게 오래 이 지구에서 버틴 게 아니라는 생각이 듦.

누군가의 스타일을 따라하는 워너비는 특히 남자가 그러면 그 사람은 진심 남자 아니야. 그 남자는 자신의 여자를 그 남자한테 줘야 돼. 왜냐면 그 여자는 알고 보면 그 남자가 아닌 그 남자가 따라한 남자를 좋아한 거니까. 제발 따라쟁이들, 카피캣들, 워너비스…. 니 안에서 멋있는 걸 찾아. 바이올린이나 기타나 베이스나 콘트라베이스나 다 제각기 간지가 있는 거고 결국 연주자의 내공과 감성이 간지를 만드는 건데 왜 다들 덩치 큰 콘트라만 되려고 하는 거냐….

우리라는 물고기가 환경이라는 이 작은 어장 속에서 강하면 얼마나 강하고 자유로우면 얼마나 자유롭겠어. 남들이 우리가 생각할 때 ㅂㅅ짓 할 때 사실 그 사람이 ㅂㅅ짓 하기까지 선택의 폭이 얼마나 넓었나 먼저 생각하려는 대인배가 돼보려 해보자.

나나 쟤나 얘나 결국 알고 보면 어장 밖에서 보면 그냥 붕어대가리 일뿐. 헤-엄~ 헤-엄~ 헤-엄~ 헤-엄~

남잔 늘 인정받고 있다는 걸 여자한테 확인해야 해.

예시

여자 : 엄뭐, 오빠 몸 왜케 좋아졌어어잉.

남자 : 데헷~

여자는 늘 사랑받는걸 남자에게서 확인해야 해.

예시

여자 : 너 왜 요즘 카톡에 내 사진 안 올려?

남자 : 다른 남자들이 탐낼까봐.

여자 : 데헷~

그동안 나를 짜증나게 했던 것들을 노트에 다 적었다. 즉 내 행복을 방해하는 것들을 종이에 나열. 한 네 개 있었는데 큰 거 두 개 없앴더니 나도 모르게 더 밝아지더라. 주위 사람들이 알아봄. 만약 짜증나게 하는 게 있으면 여러분들도 적고 없애요.

제가 male이라서 그런지 모르겠는데 인정받을 때가 가장 행복한 것 같아요. 좀 가식같이 들릴지 모르겠지만 돈보다 그리고 female 보다 좋은 것 같고…. 인정 혹은 respect 받으면 위의 두 개 그리고 그 나머지도 알아서 오는 듯. 인정 너무 좋습니다. 그때 가장 살아 있는 듯해.

악수가 첫인상보다 강하다는 얘기가 있더랑. 단단하고 당당하게 like a pro. 죽은 물고기 악수라고… dead fish shake라는 표현이 서구 세계에 있음. 힘없고, 찌질한 악수를 칭함. Don't do that. EVER. 여자분들도 절대 예외가 되지 않음. 대신 상대방의 기를 누를 생각으로 악수하는 것 역시 비호감.

친구랑 악수 연습하자. 친구가 없다면 어머니랑 연습하자! 어머니가 집에 안 계시면 강아지랑! 강아지가 없으면 아무나 잡아서 사탕 선물로 주고 연습해~! ㅋㄷ

어떤 시인은 내 가사 그대로 가져다 베꼈는데 엄청 인정받고, 난 그런 거 꽤 많이 썼는데 그냥 힙합하는 놈이라 모든 말이 가볍게 여겨지고. 그러니까 힙합한다고 아예 얘기 안 하고 들어가는 게 유리해. 솔직히 인정하자. 한국에서의 힙합은 미국에서의 축구야. ppl don giv a shit.

징징대는 게 아니라 아직 잘난 체할 때 아님. 인정받고 싶다. 그냥 유명해지는 거 진심 그냥 리모 타고 슈트 입고 나 너네보다 사회에서 계급 높아, 이딴 벼슬은 아예 애초에 빽댓이고 이거 말고 진짜 레알 인정. 레알 창의자로서의 존중. 더 이어나가자면 이건 다 우리 탓. 별거 없으면서 돈 얘기 여자 꼬시는 얘기에 너무 생각 없이 집착했고 그건 본인도 듣는 사람들도 현실에서 전혀 공감대를 가질 수 없고 되려 징그러운 위화감이 느껴져서 뉴에라나 스냅백을 머릿속에서 상상만 해도 속이 안 좋아지는 기분을 느끼는 것 같아.

이건 슬픈 거야. 왜냐면 보드 타는 사람들은 뭔가 문화인 같기라도 하지 힙합하는 사람은 일반인의 눈엔 사이비 종교 신자 같아 보일 수도 있거든. Real talk.

결국 모두가 타인의 아이디어를 훔치는 세상임. **반론할 것 없다.** 근데 예술인과 따라쟁이의 차이 하나가 있다면 **따라쟁이는 베낄 때 원래의 것보다 더 구려지고** 반면 진짜 예술인은 베낄 때 더 멋있어지는 것 같더라. **그게 차이.**

돼지로 사는 건 나름 장점 있다.

1. 육체적으로는 거의 괴롭힘 안 당함.

2. 택시 네 명이서 타야 할 경우 앞좌석 무조건 차지.

3. 식당 가면 주인이 미안해서 많이 준다. 곱배기 달라고 안 해도 됨.

4. 얍삽하단 소리 잘 안 들음.

말콤 글래드웰이 쓴 책 〈블링크〉 읽고 있는 중인데 얘 말로는(정확한 날짜는 표기되어 있지 않고) 몇 년 전에 우리나라 대통령 암살 사건이 있었다는데 암살범이 너무 긴장한 나머지 자신의 다리를 총으로 쐈고, 그다음 대통령을 향해 다시 총을 쐈는데 영부인의 머리에 맞고(슬프게도 사망), 이후에 경호원이 암살범을 향해 쐈는데 결국 애꿎은 꼬마애가 맞아서 죽고… 이 모든 것이 겨우 3.5초 걸렸고…

그냥 추가로 여러분의 호기심을 채우기 위해 이 책의 내용에 대해서 좀더 얘기하자면 이 사람 말로는 사람이 위기의 순간에 놓이게 되면 일시적으로 자폐아 현상을 겪는다고 한다네. 즉 평소의 쿨함을 잃고 자신보다 덜 된 사람 같은 실수를 저지른다는. 여튼 이 사건이 정말 있었던 거야? 난 이거 들어본 적 없는데. 누구나 다 아는 건데 모르고 있다면 신기한 거고. 아는 분 간단한 설명 부탁요. 네이버에 쳐도 안 나옴.

며칠 전에 에어컨 가격 알아보러 전자상가 갔다가 어떤 직원 아주머니 분께 무례하게 한 적 있는데. 그래서 너무 부끄러워서 사과하러 가려고 했었는데. 시간을 못 내다가 찾아갔음. 혼자서. 그리고 너무 더워서 어차피 에어컨도 사야 했고, 기왕이면 그분한테 사면 그분한테 좋은 걸로 알고 있어서 갔더니 처음에 안 계시더라. 그분 어딨냐고 다른 분한테 물어봤더니, 한참 더 젊은 40대 초반의 아주머니께서 자꾸 그런다.

"아, 다른 사람한테 에어컨 사봤자 가격 안 변해요."

"아 개인적인 일 때문에 온 거예요, 아줌마 못 믿어서 이러는 거 아니에요."

"무슨 일인데 그래요."

"아 그냥 뭐 말씀 드릴 게 있어서."

"아니 무슨 일이길래, 전 그분이 누군지도 몰라요. 여기 직원들이 한두 분이어야지."

"전자제품 파는 데 좀 예쁘장하게 생기신 40대 후반 정도의 아주머니가 얼마나 많길래요…."

"전 잘 모르겠어요."

"휴. 그럼 할 수 없이 기다려야죠. 근데 오늘 쉬는 날인 직원이 많으신가요? 만약 그런 상황이라면 그냥 가고요."

"글쎄요. 여기 직원이 많아요. 근데 밥 먹으러 갔을 수도 있어요."

"아 그럼 죄송한데 혹시 언제 돌아오는지 아세요?" (희망의 말투)

"그걸 제가 어떻게 알겠어요. 각자 다 자유롭게 밥 먹고 돌아오는 거지."

"그럼 저녁 시간도 다 맘대로라는 얘기인가요? 그럴 리가 없잖아요, 아줌마."

"뭐 다 자유롭게 그냥 먹는 건데…."

"그러니까 제 말은, 그럼 저녁식사 시간이 제한이 없다는 말이에요?"

"한 시간이에요."

"아 그럼 그냥 서서 기다릴게요." (휴)

난 미리 사둔 만 원짜리 초콜릿 상자를 들고 기다리고 기다리는데 나랑 처음에 대화를 나눈 아줌마가 다가와서는 그 아줌마한테 상품을 사봤자 가격은 변하지 않는다고 또 말을 하더라.

"아 저 그것 때문만으로 온 게 아니라니까요. 저 그냥 그분을 따로 봐야 해서 온 거예요."

이렇게 말했더니 그때부터 한 4미터 떨어져서 계속 내 옆에 있었음. ㅠㅠ 50분 정도 흘렀나, 한 20분만 더 기다리다 안 오시면 그냥 오늘 안 나왔나보다, 하고 집에 가려고 했는데 어느새 와 계시더라. 나를 계속 쪼은 직원 분한테 "저분입니다, 혹시 불러줄 수 있나요" 했더니 불러주시더라. 내 쪽으로 걸어오실 때 그분의 눈을 봤다. 직장인이라면 누구나 다 하는 대접용 미소와 표정과 말투를 하신다.

"혹시 저 누군지 기억나시나요?"

"아! 네, 그럼 알죠. 손님!"

그때부터 뭔가 속이 쓰리고 내 자신이 부끄러웠다. 그래서 시간을 낭비하지 않고 바로 얘기했다.

"아. 아주머니 다른 게 아니고, 저번에 제가 왔었는데, 되게 무례했던 걸로 기억이 나요. 사실 가끔 제가 좀 감정적일 때가 있는데, 그날도 다시 올라와서 사과를 드리려다가 뭔가… 제 자존심 때문에 그냥 집에 갔는데…. 며칠 동안 너무 마음이 찝찝해서 괴로웠습니다. 그래서…"

"아, 아니에요 저도 그날 또 귀찮게 하고 그랬는데 왜 그러세요."

눈물이 나려고 했다. 그냥 개 쪽팔리고 민망하고 뭔가 이분이 참 얼마나 상처를 받았을까 하는 생각도 들고 우리 엄마 같기도 해서 짜증나고.

"아, 확실히 해둘 게 있는데 그날 아주머니는 조금도 절 귀찮게 하지 않았어요. 그건 정말 분명히 알고 계셔야 할 것 같아요. 아무튼 그날은 제가 너무 너무 죄송했습니다. 죄송해요."

이러니까 처음에 반성하는 얼굴로 쳐다봤을 때부터 이미 밝게 펴져 있는 얼굴이 더 밝아지면서 초콜릿 너무 고맙다면서 어떻게 이렇게 마음을 쓸 수가 있냐면서 너무 고맙다고 오히려 그러시는데, 그냥 바로 '아, 그럼 저 에어컨 좀 살게요'라면서 어색한 순간을 넘기려 했다.

되게 잘 챙겨주시더라. 서류 작성하면서도 계속 나에게 고맙다고 한 두 번 더 말씀하셨고. 그분이 그냥 이 작은 사과를 통해서 조금이라도 기분이 좋아졌으면 하는 마음으로 맥도날드 가서 상하이치킨버거 세트 맛있게 먹음.

자랑하려고 쓴 글이라기보다는, 그 아줌마 참 착한 것 같아. 나도 누가 나한테 나중에 사과 어렵게 하면, 기분좋게 꼭 받아줘야지.

아무렇지도 않게. 기분이 좋아짐. 어느 정도는.

우리는 우리 기분 나쁘다고 해서 죄 없는 사람에게 때 묻히지 말아

요. 모두 화이팅. 힘.

한동안 계속 지기만 한 사람의 입장으로서 겸손하게 얘기하는데 이기고 있을 땐 질투를 느낄 틈이 없다. 그러니까 계속 이겨야 한다. KEEP WINNING like 플스방 폐인.

문선생의 힙합 교실 1 : aka의 뜻

also known as = 이렇게도 불리는

예시

문지훈 aka 섹시돼지

자, 이제 여러분도 자신의 이름을 쓴 후 실습!

문선생의 힙합 교실 2 : 라임의 정리

모음 소리의 반복 : ㅏ ㅑ ㅓ ㅕ 등등
자음 소리의 변화 : ㄱ ㄴ ㄷ ㄹ 등등

가 나 다
단어 각각의 공통점과 차이점은? 모음 소리가 같고, 자음이 변한다.
가나 바다 사라 마카 하파
똑같죠? 바로 이겁니다!

이제 실제 존재하는 문선생의 가사를 가지고 또하나의 예시를 보여
드릴게요.
no mercy 난 없어 '외제차' no mercy 이젠 이해 '되겠냐'
외제차의 모음은? ㅚ ㅔ ㅏ 되겠냐의 모음도? ㅚ ㅔ ㅑ
(되겠냐의 경우 '냐'의 모음이 'ㅏ'가 아닌 'ㅑ'지만 이 정도 가지고 찌
질하게 뭐라 하면 꼰대임. ^^)

여러분도 이제부터 문장 아무거나 창작해서 적용시켜보솽. 히힛.

너도 래퍼 할 수 있을 것 같지 이젱? 착각하지 마 ^ㅜ^

본래의 모습대로 사는 게 제일 어려운 듯. 요즘 이런 생각 많이 들어. 근데 어떤 현자가 되게 용기를 가져다주는 말을 했는데 : 니 행동에 대해서 해명하지 마라. 니 친구들은 그걸 들을 필요가 없고 니 적들은 어차피 안 믿어. 오늘도 힘. Fuck the haters.

099

에너지가 좋은 사람만 만나면 내가 그 사람의 에너지가 된다.

1. 실력
2. 캐릭터
3. 꾸준함

거룩한 삼위일체.

성숙해진다는 건 자신의 사고와 행동의 루틴을 꾸준히 지키는 습관인 것 같다. 주장을 하면 지키는 것, 못 지킬 주장은 하지 않는 것. 남들과 자기 자신에 대한 신뢰에 대한 충성심. 또 성숙해진다는 건 인생에서 일어나는 여러 가지 상황들에 당황하지 않는 것. 이미 겪어봤기 때문에 혹은 겪은 사람을 봐서 마음의 요새가 처져 있기 때문에.

어릴 때 수영장에서 어떤 아버지가 초등학교 1학년 아들을 데리고 수영을 가르치는 걸 봤다. 처음이었나봐. 근데 그애가 물속에 머리를 넣다가 한 2초 만에 콜록콜록 기침을 하면서 나왔어. 그러자 그애의 아버지가 되게 차분한 말투로 얘기 하는 거야.

"물속에서 숨을 쉬면 안 되는 거 이제 알겠지?"

그 당시에 나도 옆에서 웃었어, 좀 많이 웃기긴 하잖아. 그건 다른 얘기지만 앤 그다음부턴 물속에 들어가서 당황하지 않았을 거야.

사회생활에서 '나쁜 새끼'가 안 되려면 착한 척 혹은 실제로 착하게
존재하는 것보다는 단체의 작은 배 안에서 언저리에 혼자 있지 않
고 중심에 들어가 있는 게 더 효과적이라는 걸 배우는 중.
그렇게 하고 싶지 않은 사람이 다수겠지만 세상이 그렇지 뭐.

내 입에서 이런 말 나오는 게 민망할 수도 있겠지만 난 너가 편안함을 찾았으면 좋겠어. 나 평생 편안한 게 뭔지 몰랐던 것 같아. 평생 여린 날 보호하기 위해 내가 느끼는 고통스러운 감정들과 멀리한 채로 산 것 같아. 그래서 늘 혼란스러웠고 그래서 늘 화나 있었고 그래서 늘 가시를 세운 채로 살았고 그래서 여러 자아를 가진 듯한 분열적인 성격으로 살아왔던 거고 내 음악이 그것의 증거가 되는 듯해. 남들을 관찰하는 것을 좋아하는 건 내가 내 감정의 변화를 아예 모니터하는 방법을 몰라서였던 걸까. 가까운 사람들에게 늘 하던 질문이 있다.

'여기서 내가 이러는 게 이상한 거야?'

이건 내가 뭘 느꼈는지 짐작조차 할 수 없어서 장님이 길 물어보듯 남들에게 뭐가 정상인지 확인하기 위해 했던 것. 깨닫는다는 게 이런 거라면 아마 평생 처음 느끼는 기분인 것 같아. 근데 낯선 마인드 세팅인 만큼 바라는 게 있다면 식어버리는 그런 게 아니었으면 좋겠다. 진짜로.

올해는 내 인생 통틀어 가장 재미있고 뭐 같은 일들도 많은 한 해였어. 뭔가 무적의 멘탈, 즉 성장을 현실적인 차원에서 빠르게 할 수 있는 정신 상태를 만들려고 했는데 이런 계획들은 항상 어떤 큰 사건으로 인해 한번에 무너졌고, 난 밟힌 개미집을 다시 지어보려 했는데 아 ㅅㅂ. 하루는 '그냥 이게 나야'라고 생각하고 또다른 날엔 '아니야. 이제 진짜 어른이 돼야 해'라면서 변덕 부리는데. 늘 마음에 중심이 없고 windshield wiper 한국말로 뭐냐 그 차 창문에 유리 닦는 거처럼 좌우 빠르게 왔다갔다하는 게 내 머리를 하얗게 만든 가장 큰 원인이었던 것 같아. 근데 여튼 어떻게 어떻게 해서 이런 성격(꼭 원한 성격도 아님, 사실)을 가지고 28살에 불안정한 직업에서 나름 살아남았네. 한 해가 마무리되어가는 시점에서 고백 하나 하자면 요즘 알아보는 사람이 많아졌는데 그로 인해 그냥 살다가(책 읽다가, 밥 먹다가, 안 좋은 일로 가족이나 친구나 동료와 싸우다가 등등) 엄청 해맑은 얼굴로 용기를 내어 나한테 사진이나 싸인 등 부탁하는 분들에게 가끔 거절도 했는데(근데 정말 솔직히 나 거절 거의 못함) 그들이 실망하면서 돌아가는 표정 보면 항상 답답한 한숨이 나왔어. 혹시 이 글 보고 있는 사람 중 그 사람이 있다면 미안해. 나 정말 다 해주고 싶은데 나도 사람이라 가끔은 진짜 아무랑도 접촉하고 싶지가 않을 때가 많았어. 그렇다고 방구석에서만 짱박혀 살 수도 없잖아. 나중에 나랑 마주쳐서 '전엔 거절했으니 이번엔 해주세요'라고 한다면 나 경찰서에서 조사받다 집에 가는 길이더라도 꼭 해줄게…. ㅋㅋ 시간 너무 빨리 가. 한 중학교 때로 돌아갈 수만 있다면 난 다 줄 수 있다고 노래하는 사람. 시곗바늘이 가는 방향을 역기 드는 사람처럼 막으려고 하는 건강하지 못한 마인드가 있는 것 같아. 근데도 후회가 너무 많아. **Oh well**. 그냥 깔깔 웃어야지.

브루노 마스 내한 공연 갔다왔다.

1. 목소리에서 나이에 절대 맞지 않는 연륜이 느껴졌다.
2. 신이 아니라서 절대적으로 알 순 없지만 굉장히 지쳐 보였다. 안 좋은 일이라도 있었던 느낌.
3. 난 내 음악이 어느새 어두운 감성을 가진 사람들만을 위한 게 되어버리고 있는 것 같아서 이 사람이 멋있어 보이기도 했고 부럽기도 했다. 좀더 쉽게 얘기하자면 초반의 내 음악과 지금의 내 음악에 너무도 다른 사람이 하는 것 같은 느낌을 받았다.
4. 끼 진짜 잘 부리더라.
5. 역시 무지하게 잘하는 사람들을 봐야 제대로 배우는구나.
6. 누군가를, 그것도 모르는 사람을 기분좋게 할 수 있다는 건 대단한 축복이자 영광이고 아름다운 거야.
7. 저 사람이 6살 때인가 엘비스 모창으로 하와이에서 유명해진 영상 보면서 느끼는 게 또 있다면 역시 타고난 재능보단 후천적 노력과 환경이 진짜 중요하다는 것.
   삼촌도 어머니도 형도 아버지도 다 음악하셨더라.

지금 나이 먹고 이제서야 알게 된 게 진짜 여자는 진짜 남자랑 다르게 없다는 거. 그냥 자신의 이기주의를 내려놓을 줄 알면 그걸로 이미 먹고 들어가는 거. 목소리 좋은 래퍼처럼.

그냥 굳이 이런 말을 하는 이유는 응, 그냥, 인간 평균 착함의 수준을 봤을 때 난 꼴등급이라서… 하는 말이 아니라 너네는 충분히 예뻐. 사회가 바라는 미의 기준에 너네를 맞추는 것도 빡셀 거고 나도 그렇게 생각하고 있거든. 짜증나 뱃살…. ㅋㄷ 아무튼 좋은 남자들도 알고 보면 신기할 정도로 많고 우린 사회가 학습적으로 가르쳐준 미보단 내 눈 정말 내 눈, 남 눈 말고 내 눈 안에서 느껴지는 미에 대한 확신을 가져야 할 때인 듯해. 모든 게 점점 더 극하게 superficial해지는 게 무섭더라고. 그게 우릴 불행하게 만드니까, 정말로 길게 인생을 봤을 때.

내가 좋아하는 건 내 취향이고 남한테 절대 강요한 적 없고 그럴 권리는 나를 포함한 그 누구도 가지지 못했어. 모든 사람들의 외모를 본인들이 원하는 방식대로 성형한 티 하나도 내지 않고 또 고통과 돈 없이 할 수 있는 사람이라면 예외가 되겠지만 말이다.

Love yourself, you're beautiful. U 2 fellas. 힘.

오래된 친구 이센스 새끼 우리집에서 내 뒤에서 자고 있는데 옛날 생각난다. 밤새 술 먹고 얘기 나눴는데 확실히 느낀 점은 사람은 붓의 원래 색깔처럼 저어어얼대~~~ 안 변해. 아무리 다른 물감으로 칠해도. 물로 씻으면 돌아오게 돼 있음. 사진 찍어서 올리고 싶지만 봐준다. ㅋㅋㅋㅋㅋ

Ted talks 강연에서 '거짓말을 하는 사람을 알아내는 법'에 관한 얘기를 한 여자가 있었는데, 일반적으로(당연히 절대적이지 않을 것이니 이게 무조건적으로 의심받지 않을 기준이 되어서는 안 됨) 거짓말을 할 때 문어체를 많이 사용한다더라.

예를 하나 생각해내자면 한 남자가 자신의 애인에게서 외도의 의심을 받을 때 거짓말을 하고 있다면 이럴 수도 있다는 거지.

'난 그녀와 구강성교나 애무 및 본인의 성기를 이용해 침실이나 숙박시설 내에서 penetration을 하면서 사정하지 않았어… 자기야…'

가만 옛 기억을 떠올리면 이런 코드를 경험한 적이 누구나 다 있을 듯. 물론 위의 예는 재밌으라고 쓴 것.

강의를 다 본 이후 우리나라 래퍼들이 쓰는 언어에 대해서도 생각하게 되더라고. 구어체를 더 자주 사용하는 래퍼들이 점점 늘어가고 있긴 한데 사실 아직도 너무도 부자연스럽고 격식을 차린 듯한, 실제 현실과는 다른 또 실제로 사용하는 말과는 거리를 둔 듯한 가사들이 있어. 너무도 많이. 근데 재미있는 게 그래왔던 사람들과 그들의 가사와 그들 자체의 삶을 보면 신기하게도 자신을 숨기는 버

룻이 있는 경우가 분명히 있더라고. 적어도 내 의견으론. 이건 내가 경험한 것이니 굳이 남들에게 설득시킬 이유는 없는 것 같고 적어도 내 무의식엔 실제로 말하는 듯하게 글이나 가사를 쓰는 사람들의 음악은 항상 설득력이 있었던 것 같아. 칸예, 엠, 블랙넛 등등. 그냥 바로 이해가 가게. 굳이 가사를 쓴 사람에게 가서 '이 구절 도대체 무슨 말이야?'라고 물어볼 필요가 없지. 반면 포장이 쓸데없이 많은 건 의심해볼 만한 것 같아. 자신이 하는 말에 확신이 있다면 꼭 화려하라는 법은 없으니. 렛츠 띵꺼바웃 잇.

SNS에 올리는 글들은 정신적 헬스. 전혀 완벽하지 않은데 아니 그냥 문제투성이인 인간인데 그냥 나아지고 싶어서. 그나저나 Getting better이라는 말 좀 쩌는 듯. 엄청 생명력 넘치는 현재진행형의, 꿈틀대는 주황색 알 터지듯 꽉찬 몸무게 5킬로 나갈 것 같은, 점프력 쩌는 윤기 눈 부시는 빡친 빤짝거리는 탱탱하고 단단한 젖은 고무 같은 느낌의 의지가 단순무식한 밝고 굽히지 않는 연어 같은 말. 이 글 보는 친구들 걍 다같이 나아지길! You're getting better.

아, 그리고 생각났는데 영어 쓴다고 자꾸 허세 부린다고 어쩌구저쩌구하는 사람한텐 허세 영어 한마디 해줄게. Kiss my ass. 나와 내 사람들의 긍정의 노력에 똥 싸지 말고 영어 안 쓰는 멋있는 사람 충분히 엄청 많으니까 그분들 글 읽으십시오!

아무튼 참지 말고 안 참아도 되는 환경으로 갈 수 있길! 열심히 일하지 말고 걍 재미있게 일하길!

기분이 매우 좋은 오후야. 오늘은 모르는 사람한테 리스크 걸어서 좋은 말 한마디 해줄 거야. '오 shit. 신발 예쁜데요.' 이런 거. B happy. 다시 말하지만 나도 힘들어. 그냥 B happy. 방법은 있긴 있는 것 같아. 감사할 거에 대해서 생각하려 노력하고 다른 사람 행복하게 해주려 하면 조금은 나아지더라. 계속 하면 더 나아지겠지. 그러니까 B happy. We're getting better.

Fake it until you make it. 제이 지 노래 중에 〈Picasso Baby〉라는 노래가 있는데 저번에 봤던 어느 인터뷰에서 그 노래를 왜 그런 제목으로 지었냐 인터뷰어가 묻더라고. 대충 이런 식으로 대답했어. '누군가가 피카소만큼 위대해지기 위해선 가장 먼저 그 사람만큼 자신이 위대한 사람이 될 거다/되었다, 라고 말할 뻔뻔함부터 필요한 거다'라고.

Fake it until you make it. 이 말은 미국에서 아아아아아아주 많이 쓰이는 말이고 우리도 알고 머리에 새기고 다니면 매우 좋을 것 같아서. '될 때까지 구라쳐서 된 척해라' 이 뜻임. 예를 몇 개 들면, 부자가 되려면 부자인 척 가짜 롤렉스 시계라도 차고 다녀라. 그러다보면 너 자신이 그렇게 믿어버릴 거고, 그것을 믿으면 남들도 믿기 때문에 언젠가 된다, 이런 논리. 래퍼들도 마찬가지. 내가 최고다 최고다 최고다, 라고 계속하는 사람은 결국 최고가 된다고 난 믿어. 어릴 때 내 친구 중에도 정말 저런 식으로 행동했던 애가 한 명 있었거든. 걘 맨날 '돈 돈 돈 돈 돈 돈' 거렸어. 진짜 지겨울 정도로. 그리고 가짜/짜가/짭 명품을 매애애애앤날 사서는 우리한테 뻥쳤어, 이건 진짜라고. 집이 조금 어려웠었는데, 그 현실과 자신을 어떻게든 분리하려는 모습이 당시에는 되게 마음 아프면서도 솔직히 부끄럽기도 했어. 어느 날, 그 친구는 다시 나타났고, 내가 만난 사람 중 가장 돈을 사치스럽게 쓰는데 그래도 전혀 모자라지 않게 잘살고 있어. 난 그 사람이 부럽진 않지만(진짜 조금도) 그래도 인정해야 할 것이 있다면 걘 지가 구라쳐서 그 위치까지 갔어. 그리고 지가 원하는 걸 진짜로 손에 쥐었어.

나 요즘 세스 고딘이라는 천재 아저씨한테 무지 빠져 있어. 난 정말 이 사람을 신뢰하고 멋있다고 생각해. 〈린치핀〉이라는 책이 있는데 내용은 나중에 얘기하고, 예술에 대해서 설명한 게 있는데, he said '예술은 선물이야. 돈은 나중에 생각하고 그냥 계속 퍼다주다 보면 알아서 부자 돼. 일단 진심을 전해. 어떤 대가를 자꾸 바라다 보면 넌 너의 선물을 파괴하는 거야. 예술이 가치가 있으려면 그 예술에 가치를 자꾸 매기면 안 돼. 예술은 가치를 돈으로 잴 수 없어서 아름답고 멋있는 거야. 한 남자가 사랑하는 여자를 위해서 공원에서 어설픈 기타 연주로 뚱까뚱까 노래해서 그 여자를 울리고 난걸 어떻게 돈으로 그 가치를 매겨? 그렇게 한다 쳐도 그걸 받는 순간 그건 선물이 아니고 감동도 죽는 거야.' 어쩌구저쩌구. 맨날 이런 얘기해.

이런 얘기는 지난 몇 년간의 나를 되게 부끄럽게 만들기도 하고 또 혼란스럽게 만들기도 했어. (다음 말들은 나의 ego를 과시하려고 하는 말이 아님) 내가 처음 음악할 때 난 공짜 음악을 무지 많이 냈었고, 어느 공연에서는 2008년도에 새로 나온 음반 CD들을 충동적으로 무대에 가지고 올라간 후 한 300장을 그냥 관객들한테 던졌어. (발매한 지 1주일도 되지 않아서, 그리고 참고로 난 거지였어.) 어떤 친구는 뻔뻔스럽게도 내 싸이월드에다가 자신의 이메일로 앨범을 보내달라고 조롱하면서 말했는데, 그래 알았어, 하고 보낸 적도 있었어. 내 기억이 맞다면 그런 일들을 계속했을 때 사람들이 날 더 좋아했던 것 같았어. 지금보다. 그리고 날 더이상 찾지 않는 사람들은 아마 자본주의적으로 변한 나에 대해서 실망해서 떠난 애들이, 내 평소의 성격이 괴팍하다 구리다라고 생각해서 떠난 애들보다 더 많은 것 같아 지금 와서 생각해보면.

정말 옛날의 난 거지였어도 행복했던 것 같아. 돈이야 당연히 벌고 싶었고 당연히 좋은 집에서 살고 싶었고 그때도 요트 꼭 사고 싶었고 그건 변하지 않았으면 해. 난 늙어서 자메이카에서 맨날 회 떠 먹고 살고 싶어. 모래가 흰색이고 물이 투명하고 과일하고 칵테일하고 야자수하고 예쁜 흑인 애기들이랑 레게하고 생선 타는 냄새 속에서 살고 싶어. 아 그리고 쩌는 책도 항상 읽고, 호랑이 같은 거 한 마리 키우고. ㅋㅋㅋ 여튼.

요즘 다시 나를 돌아보고 있는데 이젠 그 어느 누구보다도 시스템의 일부에 잘 적응한 사람 같다는 생각까지도 하고 있어. 사람들의 진심 어린 칭찬도 이젠 필터해서 구라라고까지 생각하기 시작했고, 누굴 도와주는 것도 너무 힘들어. 나중에 내 뒷통수 때릴 것 같아. 그리고 새로운 사람과 만나면 예전처럼 호기심을 가지는 게 아니라 그냥 책에서 엄청 학습해서 훈련한 그대로 그 사람의 보디랭귀지만 계속 읽어. 난 그러고 있으면 티가 나서 상대방도 같이 불편해하고 결국 그 사람에 대한 내 편견이 강해지는 게 악순환이 되는 게 함정. —— 세스 고딘 아저씨는 자신의 블로그도 따로 만들어서 막 꽁짜로 글 퍼다주더라. 나도 블로그 만들 거야. 그리고 글 많이 퍼다 줄 거야. 이제 저스트 잼 가격도 내릴 거야. 차라리 싸게 해서 더 큰 곳에서 더 많은 사람들이랑 난 놀고 싶어. 우리 그러자, 이제. 그리고 예전처럼 무료 곡도 많이 낼 거야. 사운드 클라우드 노창 계정. 저번 컨트롤 사건 때문에 팔로워가 몇 십만 명인가 그래. ㅋㅋㅋ 그래서 그걸 저스트뮤직 껄로 만들어서 자주 풀게. 그리고 내 솔로 공연 끝나면 예전처럼 사인회도 더 자주 가질게.

예술은 선물이라고 했는데 ㅇㅋ 알았어. 이건 별거 아니지만 그냥 진심으로 내가 여러분한테 주고 싶어하는 선물들. 위에서 한 말들 더 지키려고 노력할게. (여러 사람들과 내 수익을 이제 나누다보니 그게 너무 힘들어지고 있었는데 솔까 계속 그러는 건 핑계고 초심으로 돌아갈 거야.) 여튼 야, 애들아, 힘. 시발 힘! 나 〈쇼미더머니〉 나간다. 거기서도 멘토도 예술인이라는 걸 보여줄게. 힘!!

우리 아버지는 박사 학위가 두 개

근데 우리 식구는 막장 학원 그만둔 지 얼마 안 됐어

(………)

이제 택시하신대 어 제대로 들었어…

—Swings, 〈주요 우울증〉 가사 중

얼마 전에 SNS를 통해서 어떤 아이가 나한테 쪽지 보내더라고. 새벽에 택시를 탔는데 기사님이 밝고 친절하시길래 대화를 좀 나눴더니 알고보니 우리 아버지. ㅋㅋㅋㅋㅋㅋ

그래서 반가웠었다고, 자신이 스윙스라는 음악인의 아버지라면서 이야기하셨다고. 동정 사기 위해 하는 말은 아니고 원래는 은퇴하고 쉬셔도 됐었는데 집에 좀 일이 생겨서 나하고 아버지하고 그리고 심지어는 호주에서 hermit 수준으로 조용히 살던 우리 친형도 한국에서 나간 지 10년이 넘게 지났는데 일하려고 들어와서 살게 됐엄. ㅋㅋ 일단 이 이야기는 나 혼자 조용히 간직하고 있었지.

어버이날 시간이 안 맞아서 결국 부모님을 연신내에서 잠깐만 뵙고 나왔는데 조용히 택시 면허증(?)을 꺼내서 보여주시더라. 난 이런 아버지가 한 번도 부끄러운 적 없었어. 이제 곧 환갑이야. 그리고 내가 맨날 작업을 하는 이유도 내가 볼 땐 그 누구보다도 허슬러 아버지를 닮았기 때문이라고 봐. 세탁소, 청소부 등등 다 하셨었거든 미국에서. 그 와중에 자신을 고향에 있는 사람들에게 증명하려고 공부를 누구보다 빡세게 했고, 좀 과격하고 많이 무서우셨지만 내 머리 안에 좋은 걸 넣으려고 혼신을 다했고. 근데 마음이 아픈 건 막지 못하겠더라. 저 사진이 분명히 어느 회사 택시에 매일 붙여져 있을 거 아냐. 누구는 저 사진을 보고 그냥 지나칠 거고. 내가 택시를 탈 때처럼. 하루에 12시간 일주일에 6일. 하루에 12만 5천 원을 회사에 내고 출근 시간은 새벽 5시. 이렇게 3년을 빡세게 일하면 개인택시 자격이 주어진다고 말하려 했는데… 조건이 있어. 무사고여야 해. 아 그리고 하나 더 있어. 줄을 서야 해. 개인택시 운전사 한 사람이 그만두고 나가야 꽉 찬 클럽 안에 출입이 허용되는 거지. 아 근데 조건이 하나 더 있어. 1억이 있어야 해. 위의 조건들을 다 채우고 나서 저 돈을 내면 짜잔 비취스, 나 개인택시 운전사야, 나 사장이야, 하는 거야. 이건 그냥 trivia로 알고 있으면 좋을 것 같아서.

Anyways, 식당에서 밥 먹는데 저 사진을 내 앞에 두고는 재미있는 이야기를 해주셨지. 얼마 전에 어느 20대 초반쯤 되는 어린 남자애를 새벽에 태웠대.

'아저씨, 멀리 안 가도 태워주실 수 있나요?'

'그럼 당연하지. 그런 게 어딨어. 어서 타세요.' (난 조용히 듣는 중) 대화가 이어졌대. (우리 아버지가 전에 영어 강사였었고 기독교 목사님이기도 해서인지 모르는 사람들과 얘기하는 걸 무지 자연스럽고 편하게 해.) '제 이름은 문지환이에요' '우리 아들 이름이랑 비슷한데' '뭔데여' '문지훈' '혹시 스윙스?' 'ㅇㅇ' 내릴 때. '기본요금 정도밖에 안 나왔지만 여기 만 원요. 얼마 안 돼도 작은 팁이라고 생각해주시고 받아주세요, 아저씨. 감사합니다. 아 그리고 제 이름 꼭 기억해주세요. 영광이었습니다.' What a nice fellow. 혹시 지환이 친구가 이 글 보면 연락해줘. 별거 아니지만 밥이나 같이 먹자. 그리고 혹시 서울에서 새벽 5시부터 오후 5시까지 택시 타다가 우리 아버지와 마주치게 된다면 인사라도 해요. 아까 말했듯이 우리 아버진 말하는 거 엄청 좋아해. ㅋㅋㅋ

그리고 마지막으로 I'm okay. 난 젊고 잘생겼고 똑똑하고 랩도 잘해. 걱정하지 마. 맨날 말하지만 현재 상태가 중요한 게 아니야. 매일 나아지는 게 중요한 거야. 다같이 힘내서 예술을 하자. 그러니까 이 말은 왜 나왔냐면, 세스 고딘 아저씨가 그랬는데 예술은 한 사람이 다른 사람에게 변화를 일으켜주는 선물을 리스크를 통해서 주는 거래. 우울해 보이는 커피숍 종업원에게 웃음을 띤 창의적인 위로의 한마디만 던져도 그건 art라는 얘기지. 지환이는 artist야. 힘.

학교는 나를 만드는 데 실패했고 나 역시 학교의 체계 안에서 성공하는 데에 실패했다. 선생들은 전부 선임들처럼 행동했다. (꼰대) 나는 내가 알고 싶어했던 것에 관해서 배우고 싶었지만 그들은 시험에 대해서만 알게 해주고 싶어했다. (강 점수) 거기서 가장 싫었던 것은 쓸데없는 경쟁 붙이기였다. 특히 운동. 이 때문에 나는 그 어떤 것에서도 가치가 없는 사람이었고, 학교에서는 이러한 이유로 나를 여러 번 방출하려고도 했었다. 이곳은 놀랍게도 뮌헨에 있던 카톨릭 학교였다. 지식에 대한 내 갈증은 선생로 인해 목졸림 당하는 기분을 느꼈었다. 그들의 유일한 기준은 성적이었다. 어떻게 이런 체계 안에서 젊은이들을 이해할 수 있었겠어? 12살 때부터 난 선생들과 권력을 가진 이들에 대한 의심을 품고 살았다.
—아인슈타인

꼭 엄청난 품질의 두뇌를 가져야만 느끼는 게 아닌 생각들. 진짜 배운다는 건 세상에서 일어나는 일들을 보고 내가 알아서 잘 생존할 수 있게 내 주관을 키워가는 과정이지. (평생 우린 학생.) 그들이 위에서 우리를 질 좋은 노예/질 낮은 노예로 편하게 분류하기 위해 이상한 시험 같은 잣대만 들이댈 때 그 똥 묻은 잣대를 좋다고 핥을 것 없어요. 넌 니가 원하는 거 다 가질 수 있어. 그냥 엄청 원하는 게 진정 무엇인지를 찾고 그걸 원하는 만큼 노력하면 돼. 전교 1등 못했다고 자책하지 마. 그건 걔네들이 만든 기준이고 우린 걔네 기준으로 사는 가축이 아니야. 누구나 체제에 의존하며 살 수밖에 없지 나도 매트릭스랑 연결돼 있어 난 정신이상자가 아니야. ㅋㅋㅋ

근데 좋아하는 학교 형이 한 말이 있듯이 '정도의 차이'라는 게 있잖아. 누구는 티브이 광고나 영화에 나오는 사치품을 다 사서 몸에 다 걸쳐도 불행한가 하면 누구는 빈지노가 말한 나이끼 슈즈만 신고도 행복하자나. 혹은 누구는 그냥 일부러 외딴섬에 가서 나뭇잎 팬티로 행복하게 살 수도 있고. 중요한 건 내가 정말로 행복을 느끼면 되는 거야.

Not 선생. Not 사회. Not 학교 선배. Not 병신같이 토 나오는 기형적인 공동체 의식으로 너의 착한 심성을 죄책감으로 짙게 물들기 하려는 얄팍하고 이기적인 아첨 창녀 정치꾼들. Not 너를 외모로만 판단하는 자격지심 쩌는 머저리들.

Only you. 그리고 You only.

이 글을 읽고 공감할 수 있을 정도로만 감성과 지성이 있다면 너는 세상을 지배할 수 있어. 나도 너도 우리 아이큐에 별 차이 없고 태생도 그닥 안 다르고 나이 차이도 그닥 안 나. 너도 나도 병신짓 자주해서 후회해서 또 후회를 안 해서 병신이기도 하고 또 어떤 일을 저질러도 용서받을 수 있는, 아름다운, 멍청하고 사랑받아야 하는 인간일 뿐이야.

니가 원하는 게 진정 무엇인지 꼭 찾아. 교육은 생존과 삶의 질의 향상을 위한 거지 남한테 빤짝거리는 숫자를 자랑하기만을 위한 게 아니야. 즉 어차피 인생 자체가 싸움인데 기왕이면 재미가 있어야 하는 거야. 21세기에 흑백 티브이 보면서 남까지 거기에 끌어들이면서 강요하는 사람들이 니 행복을 방해하게 하지 마.

마지막으로 조건 하나! 무조건적인 아동적 저항이라는 것과 확신의 육즙이 지식으로 가득한 영혼은 비슷한 것 같지만 질적으로 달라. 우리 다같이 배우자. 나도 늘 말하지만 이 글은 본질적으로 나를 위한 것인데 너도 참여하면 좋을 것 같아서. Smart is the true sexy.

ps. 요즘 세상 너무 혼란스러운 것 같아 그치. 죽음이 내 앞에 와서 날 겁주면서 미소를 지을 때 유일하게 할 수 있는 게 도로 같이 웃어주는 거래. 뭐 같아도 웃자. 힘.

하고 싶은 거 하자! 우릴 수동적으로 만들려는 사람들은 다 우릴 쪽쪽 빨아먹은 후에 쓸모없어지면 또 자신들이 만든 틀 안에서 생산된 수동적인 싱싱한 사람들을 이용하려고 하지! 누구나 자기 안에 창의적인 아이가 존재한다고 믿어 난! 그리고 모두가 본인이 그럴 수 있다는 믿음을 살면서 여러 번 느꼈을 거라고 진짜 생각해! 근데 위에 있는 놈들은 우리보고 꼴값하지 말라고 하지. 왜냐면 걔넨 우리 두려움을 가지고 우릴 또 수동적인 순종적인 사람들로 만들어서 이용해야 하니까! 본인의 예술은 본인이 알겠지! 키워!

ps. 김대웅씨는 그냥 20대 후반의 세상과 예쁜 여자만 탓하는, 스스로의 선택이 아닌 찐따라서 용기가 없어서 여자를 못 만나는 백수놈이 될 수도 있었어! (이거 디스) 하지만 그는 용기를 내서 자기가 원하는 걸 하고 있고, 대한민국에서 의심할 것 없이 가장 독특하고 창의적인 래퍼가 됐다고 난 생각해. 난 이 친구를 동경해. 우리 모두 전주시 27살 김대웅 혹은 Black Nut처럼 되자! 하고 싶은 거 하자!

열아홉 살의 나를 만나 해주고 싶은 말 :

너는 나쁜 애가 아니야. 넌 괜찮은 놈이고, 단지 운이 안 좋았을 뿐이야. 그러니까 자신에게 관대해져도 좋아. 그럼 오히려 더 나은 사람이 될 거야. 이해 안 되겠지만 잘 생각해봐. 나중에 넌 정말 위대한 놈이 될 테니까, 지금부터 니가 하고 싶은 일에만 전념해. 10년 뒤에 보자.

아, 그리고 술 담배 그만해.

얼굴 더 예쁘고 잘생기면 인생이 편해질 수도 있고 태생부터 돈이 많으면 더 많은 기회들을 보다 편하게 접하고 쓸 수도 있고 문화적으로나 비즈니스적으로 활발한 환경에서 살면 다양한 자극들도 더 받을 수 있을 것이고 이걸 모르는 사람이 없고. 반대로 이런 인생의 축복들을 생각했을 때 많이 못 받은 사람들은 끝없이 자신에게 없는 것을 탓할 수도 있을 거고. 일단 쉽잖아.

'난 인맥이 없어서 안 된다.' '어릴 때 너무 놀기에만 바빴다.' '어릴 때 엄마가 나 학원 보냈어야 했는데 맨날 이상한 공부만 시켰지.' '난 얼굴에 여드름만 많이 안 났으면 밖에 나가서 사람들 만날 때 자신감이 없지 않았을 텐데.' 'Shit, 남들이 볼 때 나 너무 뚱뚱해서 비호감이야.' '난 좋은 대학 못 가서 사람들이 무시하잖아, 그래서 취업이 안 돼.' '난 자격증이 부족해.'

나나 동종업계에 있는 사람들은 자신들이 정말 편하게 살고 있다, 너무 행복하게 살고 있다, 의 냄새를 풍기려고 노력하는 습관이나 마케팅 전략이 있는데 약자들만이 존재하는 실리콘, 포토샵. 카메라 돌아갈 때만 멋있는 척 깔창 10cm 기본. 올림푸스 산에서는 여신 남신 따윈 존재하지 않더라고. 이렇게 어딜 가도 사람들은 다 두려움이 너무 많고, 사실 두려움은 너무 당연한 거고 우리 존재에서 너무 뗄 수 없는 성질인데 그것과 자꾸 거리를 두려고만 하다보니 자신이 실제로 느끼는 아픔을 절대 치료하지 않으려고 하고 즉 개미가 물어서 고통스러운데도 계속 놔두면서 하루종일 표정관리를 하느라 점점 피폐해져가는 것처럼 당연하고 놔두면 정말 사람이 어떻게 되겠어. 나 같은 경우는 미쳐가는 것 같아서 잠깐 도망치고 싶을 때가 많더라고. 그래서 자기 위안을 위해서 자꾸 세상 탓 하는 것 같아.

'그래 지훈아 넌 이렇게 불리하게 태어나서 될 수 있었던 것도 안 되는구나. 무덤 갈 때까지 사람들한테 니가 원했던 걸 못 얻은 이유를 말하면 세상은 다 널 이해할 거야. 맥도날드 만든 새끼가 잘못했네. 그래서 니가 뚱뚱한 거야. 그리고 맥도날드는 우리 같은 불쌍한 사람들을 음식에 중독되게 맨날 연구하고 매년 엄청난 돈을 써서 널 돼지로 계속 살게 하는 데 노력한다고. 그러니까 계속 먹어. 어차피 이길 수 없는 시스템에서 태어났는데 왜 노력해. 블라블라…. 세상 탓, 세상 탓, 세상 탓. 나를 제외한 세상 탓.'

자신을 문제의 원인으로 보는 것도 정말 우울한 사고방식이고 나중엔 자존감이 내려가서 삶이 무너질 수도 있겠지만 그래서 밸런스가 중요한 거고. 여튼 자꾸 밖에서만 문제를 찾으면 난 평생을 보낼 자신도 있어. 누가 못해.

어릴 때 잘못해서 아버지가 집에서 기다리면서 날 팰 준비하실 때 한 번 집 나간 적이 있었어. 그게 우리가 정신적으로 자주 하는 행동인 듯. 근데 결국 집에 들어가야 하잖아, 집은 우리가 밖에서 다치지 않게 지켜주는 곳. 가끔은 그냥 맞고 나서 약 바르고 정신 차리고 성장해야 하는데. 그래서 변명은 만 개 결과는 한 개. Simple shit. 이제 그렇게 살자고. 엄청 큰 실수를 해도 그냥 털고 일어나서 살자고. 나처럼 과거에 집착하는 사람 정말 드물 텐데 그래서 맨날 지 죄책감이나 과거의 실수들 때문에 괴로워하는 사람들한테 해주고 싶은 말은 괜찮다고. 그냥 '지금부터 잘' 맨. 그래서 맨날 이런 글 쓰는 것일지도 모르겠네. 뭔가 세상한테 보상해줘야 할 것 같아서. 아무튼 다시 본론으로.

지구는 계속 자전을 할 거고 우린 계속 늙어서 죽을 거고 그걸 막을 수 있는 그 어떤 과학이나 기술 따위는 존재하지 않을 거다. 즉 그건 변하지 않을 거다. 변하게 할 수 있는 것에 집중할 수 있었으면 좋겠네. 오늘은 맥도날드 안 가야지! 힘!

⟨아빠 어디가⟩라는 프로그램 보고 있는데 느끼는 점 여러 개.

1. 애기들 보면 정신이 정화된다.

2. 민율이 너무 짱이다. 애가 돌아다니는 행복 에너지 같아. 노랑색
   의 주인 없는 무작위한 물 (추우면 얼고 더우면 끓는)같은 에쁜
   에너지 덩어리.

3. 안정환 형(아는 사이는 아니지만 2002년 이탈리아 전으로 앞으
   로 무슨 행동을 해도 나의 영원한 형)은 진짜 리얼한 사람인 듯.
   가식 없는, 사람들의 이목을 끄는, 타고난 리더. 아들분이 겁이
   무지하게 많은 것 같던데 이건 어쩌면 정환이 형이 너무 '멋있는
   사람'이기 때문에 악순환이 생기는 것일지도. 아들의 눈에 아버
   지는 너무 멋있고 단단한 사람이라서 잠시라도 옆에 없으면 불
   안한 느낌. 같이 있을 때와 없을 때의 정서적 안정감의(말장난
   아님 ㅋㅋ) 괴리가 느껴질 것 같아. 안 그래도 너무 여린 친구 같
   던데. 이어서 내 상상력을 가지고 마음대로 장난치자면 정환이
   형에겐 늘 자신을 이런 식으로 우러러보는 사람이 많았을 것 같
   다는 생각이 들었음. 정말 리더의 냄새가 많이 나는 사람. 그냥.

Life is good. 믿는 대로 무조건 되는 법. 난 업보를 믿어. 그래서 내가 했던 말들은 언젠가 꼭 나에게 돌아온다는 걸 이제는 그냥 아는 수준. 그래서 더 킹킹거리는 거고, 그래서 더 올해는 내 꺼, 내년도 내 꺼, 하는 거고. 7년 전에 타블로 형 만날 거라고 연신내에서 친구들한테 맨날 까불었는데(그리고 반드시 이길 거라고 ㅋㅋㅋ) 결국 카톡도 주고받으면서 미래에 대해서 얘기하는 사이가 되어 신기했어. 꼰대처럼 가르치려는 말이 절대 아니고 편한 친구처럼 묻는 건데 내 친구들은 자신한테 무슨 말을 하는지 스스로 물어봐. 꼭 좋은 말들을 많이 했으면 좋겠어. 내일을 위해서.

난 파급효과라는 말을 미친듯이 좋아해. 그 말을 할 때마다 머릿속에서 떠오르는 그림은, 고요한 호수 위에 떨어지는 물방울 하나. 그 물방울이 일으키는 파장은 호수 둘레의 모든 곳까지 조용하게 가지만 결국 끝까지 가잖아. 우리가 각자 그때그때 풍기는 에너지의 질이나 양이나 성질이 다르지만, 결국 항상 우린 에너지를 발산한다고 역시 믿어. 기분이 드러울 땐 똥냄새 같은 발산, 기분이 좋을 땐 딸기아이스크림 같은 향을 발산. 화가 무지 났을 땐 그 에너지가 원자폭탄이 폭발한 것 같은 파괴력을 가지고, 기분이 마냥 좋아서 깔

깔 웃을 땐 어르신들만 계시는 조용한 방에서 어린아이가 그들에게 주는 행복처럼 또 퍼지고, 중독이 되지. 그래서 방금 든 생각은 '지금 난 어떤 에너지를 발산하고 있지?'야.

에너지라는 건 내가 발산시킬 수 있는 만큼 남들도 그 이하 혹은 이상을 발산해서 나에게 영향을 끼친다고 믿고, 또 내가 발산하는 에너지는 반드시 돌아오는 법이라고 또 믿어. 그 시간과 돌아오는 형태에 대해서 모르는 게 문제일 뿐이라고 믿어. (이건 내가 깊이 공부한 것도 아니고 여기저기서 주워들은 얘기들을 범벅해서 만든 나만의 이론들이야. ㅋㅋㅋ)

즉, 내가 만약 어떤 사람에게 화를 내며 욕을 하면, 그 사람은 나를 때릴 수도 있고, 또 그냥 지나칠 수도 있지만, 결국엔 그게 언젠간 되돌아올 거라고 믿어. 종교적이라면 종교적인 거고, 또 엉뚱한 소리 같겠지만 과학이라고 할 수도 있을 것도 같아. 요즘 유행하는 운동 뭐지, 스쿼시 공처럼 벽에다 던지면 돌아오는 간지.

요즘에 바스코 형이 소개해준 병원에 거금 들여서 정신적 '힐링'을 받고 있어. 그냥 대놓고 얘기해서 정신병원의 일종이야. 상담 위주. 한 7번 선생님 만나고 오니까 정말로 나도 변하더라고. 얼마 전까지만해도 항상 투덜투덜. 안 좋은 일은 어제도 많았고 오늘은 더 많아 솔직히. 근데 엄청 엄청 엄청나게 노력했어. 어떻게? 어젠 안 좋은 일만 찾아냈어. 그리고는 그것에 대해서 조오오오오오옹일 불평. 누가 보면 그게 내 직업인 줄 알았을 거야. 놓치는 게 없었어. 저 개새끼 방금 나한테 시비 건 거지? 아 모기 새끼 죽여버려. 아 내 노래 왜 안 떠. 아 쟤 노래 못하는데 왜 자꾸 티브이 나와. 아 이거 저거 저거 이거. 그래서 결국 난 미칠 뻔했어 또 한 번. 그냥 폭발할 뻔했어. 진짜 신기한 건 뭐냐면 틱낫한이라는 스님 아저씨가 있는데, 그 사람이 쓴 책 〈화〉인가 그거 읽다가 뭐 하나 느낀 게 있었어.

'화난다고 해서 자꾸 그 화를 풀기 위해 소리를 지른다든지 물건을 부순다든지 하면 화가 결국 풀리는 게 아니라, 그 행동은 그 화를 반복 재생시키는 것뿐'이라는 식으로 얘기했는데. 뭐, 아까 스쿼시 얘기를 다시 하자면 공을 마아아악 세게 쳐서 그 공이 방 안에서 미친듯이 왔다갔다하게 해서 소란을 일으킨다는 얘기인 듯해.

몇 개월 전에 그걸 읽었을 때, '뭔 개소리야' 이랬어. 왜냐면 소리를 가끔 좀 질러줘야 하잖아, 가끔 으아아아아!!!! 해야 하잖아, 라고 생각했는데. 요즘에 방법을 좀 바꿨어. 한 반년 전부터 엄청 진짜 뻥 안 치고 엄청 노력했는데 이건 틱낫한, 내가 다니는 병원 의사, 내 주위 사람들, 그리고 내 의지가 너무 많이 도와준 거야. 화날 때 일단 눈 감고, 유체이탈하는 기분으로 밖에서 나를 보려고 했어.
'현재 문지후니 어린이는 어떤 모습인가. 응 빡쳤군. 그거 참 보기 좋지 않은 얼굴이야. Cool down, son. Cool down.'
이걸 진짜 100번은 넘게 실패했고, 지금도 가끔 실패해. 근데 중요한 건 예전만큼은 나 자신, 혹은 남들과 갈등이 생기지 않아. 정말 반의 반의 반도 안 됨.

저번에 한 번 '모든 건 습관인 것 같아, 그리고 습관은 고칠 수 있는 것'이라고 대충 썼던 적이 있는데. 진짜 지금 말하는데 고칠 수 없는 버릇은 없어. 언제나 이건 선택일 뿐이야. 누구는 아침에 일어나는 게 빡셌고, 누구는 술에 안 취하는 방법을 몰랐고(한때 나), 누구는 앨범을 못 내는 래퍼(내가 될 뻔했던 사람). 아까 대충 얘기했는데 결국 우린 우리가 믿는 대로 돼. '나는 병신이야' 하는 사람은 결국 그렇게 돼. '나는 돈 벌 거야' 하면 도끼처럼 결국엔 돼, 어떤 방법을 써서라도. '나는 예뻐'라고 믿는 여자는 결국 남들은 그 에너지를 느껴서 비록 우리 사회가 정해준 미에 굳이 가깝지 않아도 그 여자는 남들이 볼 때 예뻐. 내 눈엔 그런 여자들이 제일.

이 글을 쓰는 이유나 여태까지 써온 이유도 뭔가 인류(이 글을 읽는 인류라도)라는 호수에 좋은 파장을 내보냈으면 좋겠고, 나중에 돌아오는 파장도 좋았으면 좋겠다 생각해서. 그동안 너무너무 안 좋은 에너지를 뿜었고, 그게 심지어는 멋있다고까지 생각했어. 아 윌 뻑유 업 유 머더뻐커 간지. 가끔 그것도 필요해, 틱낫한 아저씨 말도 꼭 맨날 맞다고 생각하진 않아. Shit. 졸라 모순인데. ㅋㅋㅋ

아무튼 중요한 건 균형, 즉 밸런스, 즉 정도의 차이인 것 같아. 난 염세주의자로 더이상 살지 않기로 했어. 너도 그렇게 하고 싶다면 그냥 그렇게 해. 그러니까 나 싫어하는 래퍼면 나 디스하지 마. 아 윌 뻑유 업. ㅋㅋㅋㅋㅋㅋㅋㅋㅋㅋㅋㅋㅋㅋㅋㅋㅋㅋ 좋은 하루 좋은 인생 좋은 음악 좋은 친구들 맨.

'힐링 글' '멋있는 말' 같은 건 그냥 결국 내가 나를 위로하는 말이지만 남들도 같이 들어줬으면 해서 하는, 용기가 늘 필요한 사람을 위한 건데, 이 말은 꼭 하고 싶었어. ㅋㅋ '난 너무 완벽해서 정신적으로 내 아래에 있는 백성들을 가르치겠다' 따위의 오만한 태도가 아니라. 이제 그 말은 했으니 됐고.

어떤 임무나 일을 하는 데 필요한 실력이나 기술 환경 등등 이런 건 다 너무 중요하더라고 당연히. 제일 중요한 게 뭔가 생각해봤는데 적어도 내 경험상 내 삶에서 그런 것들은 케이크를 더 맛있게 하기 위한 체리나 크림 같은 거고 빵처럼 절대적으로 있어야 하는 건 마음 상태인 것 같아. 더 구체적으로 말하면 의지. 혹은 Will Power. 이것만 있으면 나머지는 알아서 다 따라가는 것 같아. 거미줄의 가운데 부분 같은 거. 모든 방향의 줄들을 잡고 있는 것. 양떼에서 목자 같은 거. 북한의 경우 김정은 같은 거. 얘가 없으면 다 무너지는. 늘 자기 진단을 하는 건 정말 어렵지. 귀찮고. 때론 현실을 객관적으로 직시하는 게 눈이 엄청 아프니까. 싫으니까. 근데 해야 하는 거지. 제일 중요한 거니까. 어쩌면 유일하게 신경써야 하는 것일지도. 의지의 가장 큰 적이자 반대의 감성은 오만인 것 같아. 오만은 자기

검진하는 걸 거부하는 마음인 것 같아.

식당에 비유하자면 음식 잘 팔린다고 갑자기 가게 청소 안 하고 더러운 상태로 놔두고선 손님들이 끊기지 않길 바라는 이기적이고 게으른 마음. 항상 반성할 용기와 여유를 가지려고 노력하려고. 오늘도 힘!

우리 뇌는 3부분으로 만들어졌대. 그중 가장 원초적인(진화론이 주장한 대로라면 일찍 만들어진) 부분을 보고 흔히들 파충류뇌 (lizard brain)라고 별명 붙였는데 그렇게 부르는 이유는 파충류들은 우리와 다르게 이 부분의 뇌만 가지고 있대. 원초적이라고 했는데 응, 말대로 화랑 성욕이랑 생존의 욕구 등등을 관리하는 부분인데 역시 가장 일찍 발달한 곳이라 그런가, 우리의 존재 자체를 가장 강하게 조종하는 곳이기도 하대.

예를 들자면 말이야, 가장 최근에 발달돼서 활동을 하기도 하는 뇌의 3부분 중 한 곳은(이름이나 별명은 까먹었지만) 창의적인 영역을 맡았는데 이 부분을 담당하는 뇌는 파충류 뇌랑 갈등이 생기면 지기 너무 쉽대. 세스 고딘 선생님한테 그림을 하나 빌려서 이해하기 쉬운 상황을 만들자면 만약 내가 그림을 그리고 있다 집에서(창작 활동). 근데 집에서 불이 엄청 크게 나서 20초만에 안 나가면 난 죽는다. 그럼 어떻게 되냐고? 너도 나도 할 것 없이 도마뱀뇌가 시키는 대로 연필 집어던지고 창을 통해서라도 살기 위해 도망가겠지. 그 도망가게끔 위기의식을 느끼게 해주는 곳이 바로 파충류뇌고 우린 이놈이 시키는 대로 행동한단 말이야. 일반적으로. 요놈의 돼지

시끼가 갑자기 왜 이런 얘기하나 궁금해질 수도 있을 거야. 우린 모두 예술가야 참고로. (조금만 아주 조금만 노력한다면 어디서든 언제나 예술과 상관없는 일을 해도 말이야.) 많은 친구들은 나한테 쪽지로든 직접 만나서든 묻는단 말이야. 플라톤이 소크라테스에게 묻듯 말이야. ㅋㄷㅋㄷ

'돼지님, 어떻게 하면 나는 창작을 할 수 있을까요. 항상 저는 영상 편집을 하려고 하면 안 돼요. ㅠㅠ 제발 방법을 알랴주세요.' 어쩌구저쩌구.

옛날에 나도 아니, 여전히 언제나 그리고 영원히, 이런 갈등에 빠지고, 뭔가 멜로디 쓰려고 하는데 자꾸 친구들이랑 카톡하게 되고 방금 밥 먹었는데 또 돈까스 생각나기도 하고 수동적으로 사람을 편하게 만들어주는 영화를 괜히 보게 되고 나가서 놀고도 싶고 또 놀게 되고 이런 상황들에 빠지는데 이 유혹들을 이기는 방법은 오로지 하나야. 대면밖에는 없다고 하더라.

그렇다면 이 유혹들은 왜 생기는 거냐. 우리 파충이놈이 던지는 거래. 파충류뇌가 창작활동을 막는대. ㅋㅋㅋ (빵상 같겠지만 응, 많은 책에서 이 얘기를 하더라고.) 파충이는 우리의 지속되는 생존을 최우선으로 중요시한다는 말이야. 그렇다면 우릴 창작 못하게 할 이유가 뭐냐? 왜긴 구린 작업물을 내놓으면 비난을 받는단 말이야. 비난을 받으면 왜 안 좋냐고? 우리가 속한 사회에서 왕따를 당할 수도 있다는 말이야. 왕따가 어때서? 외면은 우리의 생존의 의미를 잊게 하고 파괴시킨단 말이지. 자멸할 위기에 빠지게 할 수도 있고. 더 원초적이고 흥미로운 이론을 제시하자면, 옛날옛날 진짜 옛날 부족사회 시스템으로 돌아가자면, 전기도 없고 총도 없고 울타리도 없는 그 시대에는 인간들은 다 뭉쳐서 살아야만 했어. 생존을 위해선(곰이나 호랑이를 어떻게 이기겠냐) 똘똘 뭉쳐서 지내야만 했겠지. 그렇다면 그런 환경에서 부족이랑 사이가 나빠져서 쫓겨나야 한다면 사람은 얼마나 살 수 있을 것 같아? 잠 잘 때 지켜줄 친구들도 없지, 혼자 그 잡기 어려운 토끼 잡아서 가죽 뜯어서 나무 꼬챙이 꽂아서(피냄새 진동해서 다른 맹수들의 관심을 끌지도 모르는데) 불에 익히고 얼른 먹고 장소 이동하든지 집을 짓든지 해야지. 다른 부족원이 쳐들어올 수도 있지. 밤에 아아아아아무것도 안 보이는데 뱀이 내 이불 밑에 들어올 수도 있지.

세상은 혼자 살아가기엔 너무 험한 곳이라는 걸 우리는 그때로 돌아가지 않아도 알 수 있다는 말이야. 그래서 사람 마음속(가장 깊은 내면은 알고 있다고)에서 왕따 = 죽음이라는 공식은 직관적으로 느끼고 있다는 것.

그래서 창작과 뭔 상관이냐고? 정리하면, 내가 무대 위에 올라가서 춤추는데 엄청 구려. 그럼 비웃음거리가 돼. 그럼 지금 이 시대에서도 왕따가 되거나 그런 기분을 느끼지? 그럼 말 그대로 죽을 것 같단 말이야. 생존의 위험을 느낀단 말이야. 그걸 느끼게 하는게 파충류뇌고, 창작활동 혹은 도전이라는 아름다운 걸 막는 게 바로 파충류뇌야.

우리가 가사를 못 쓰는 이유, 〈슈스케〉에 못 나가는 이유가 저놈 영향이 무지무지 커. 그래서 또 다른 책이 있는데 읽어봐. 〈The War of Art(번역판 : 최고의 나를 꺼내라)〉(선물로 빈지노, 자이언티 등등 수십 명에게 줬는데 제목이 등신 같아서인지 피드백 없더라 ㅜㅜ) 제목 좀 봐. 예술이라는 전쟁이라잖아. 예술을 하는 건 남들과는 물론이지만 자신과의 싸움이기도 해. 아니, 제일 큰 적은 정말 나야. 나도 가사 쓰다가 일어나서 딴짓하는 게 수십 번이야. 근데 그냥 싸우는 거지. 무슨 불 끄고 타자기 만지는 순간 하늘 위에서 성스러운 핀조명이 내려오고 성가대가 홀리하게 노래해주는 그런 건 없어. 영감은 내용물이 얼마 안 남아서 짜내야만 하는 비틀어진 치약통 같은 거야. 잘 안 나와. 근데 해야만 해. 왜냐면 예술은 선물이거든. 인류는 그걸 필요로 해.

〈불도저〉 같은 곡은 뭐냐고 누구는 바로 물을 수도 있지. 미안하지만 중2병 감성의 노래는 많은 사람들에게 용기를 주거든. 공연장에서 사람들이 맨날 떼창해. 중2병 감성은 없어지는 게 아니야, 우리의 교만에 의해 마음속의 구석 지하실에 갇혀 있는 거지, 나오고 싶어서 제발 문 열어달라 하는 거지. (아무도 ㅈㄹ 안 했는데 혼자 〈불도저〉 얘기하네. ㅋㄷ) 그리고 예술은 리스크가 있어야 해. 리스크가 없으면 아무 의미가 없는 거야. 남이 해서 성공한 걸 그대로 하면 그건 멋이 없다고 모두가 느끼거든.

정말 아이러니한 건, 위험부담을 느끼기 싫어서 우린 창작이 무서운 건데, 또 그 부담을 안고 앞으로 나가는 용기에 모두가 또 반해서 박수를 치거든. 그래서 아름다운 거야. 우리의 본질을 부정하기 때문에. 그걸 보고 반항이라고도 하지. 목적이 분명한 반항은 그 누구도 욕하지 못해(꼬인 사람들 빼고). 자신에게 반항을 하길 걸/맨.

지구를 바꿔 비아취스.

자꾸 찡찡대지 마. ㅅㅂ 나도 좆나 힘들어. 나도 똑같아 부담은. 내가 너네보다 5천만 배 커. 무슨 가사만 쓰면 깔 것 다 만들어내. 평생 동요 만들라는 거야 뭐야. 마음속에 있는 얘기도 다 못하게 해. (그럼 우린 북한과 다를 게 없음. Speak your soul, 힘들어도.) 그리고 제발 누가 나에게도 용기를 줘.

우리 사회는 반항아들이 정말로 너무 많이 필요해. 누군가가 현재의 상태에 계속 도전을 해야 한다는 말이야. 왜냐면 우리의 현재의 상태는 (Status quo라고도 하지.) 꼭 좋은 상태가 아니란 말이야, 단체로 동그랗게 서서 엄청 무거운 녹슨 쇠 그물망을 들고 느리고 목적 없이 돌아다니는 것 같을 때가 많아. 그리고 그 망에 안 들겠다고 나가는 사람은 사형당할 것 같아. 모두가 그 망을 내려놓기만 해도 모두가 잘살 텐데 말이야. 그게 우리 상태인 것 같다고 생각할 때가 많아. 솔직히 까놓고 얘기하자, 너도 듣고 보니 그런 것 같지 않나? 그렇다면 뭔가를 만들어서 보여줘 걸/맨. 우린 리더가 필요하다. 뻑 도마뱀. 싸우자, 나가자, 이기자, 지구를 바꾸자. 파전 맛있게 먹어. 평화.

착하다고 생각하는 사람이 도덕적으로 안 좋은 행동을 했을 때 우리는 흔히 '이 사람은 알고 보니 실제로는 이러했네'라고 쉽게 얘기하는 데 반해 나쁘다고만 생각했던 사람이 도덕적으로 멋진 행동을 해 반전 매력을 풍길 때 '이 사람은 알고 보니 따뜻한 사람이었네'라고 말하는 현상에 대해서 늘 의아해하고 신기해했는데 늘 내려지는 결론은 인간은 착하지도 나쁘지도 않은 것 같다는 것. 그냥 인간은 인간이야. 누구나 다 남들이 들으면 충격받을 만한 비밀들이 하나쯤은 있고 또 누구에게나 인간성이 있어. 판단하지 않으려고 노력해야 해. 힘!

I swear I wanna be a good and loving human being but its so damn hard. I wish the hate and pain and anger in my heart would just disappear. Pray for me.

I hope all of you are happy forever. I hope that you won't ever go through the experiences that some people go through. I'm talking about experiences that break the bones of a beautifully growing human soul.

You all deserve to be loved and forgiven for whatever you've done. I hope that God is more forgiving than I fear he isn't.

I also hope that if you've done something wrong to yourself or anybody else on this earth, I hope that you can forget and love yourself anyways.

You people are so beautiful and I wish I can treat everybody like this for the rest of my life in any and every moment. Be happy.

God bless you. Forgive me if I have ever hurt you. I

don't wish to be evil despite the actions that prove otherwise. God bless you again.

축복글인데 해석해야겠구나⋯. 오그라들 것 같은 글은 항상 그 느낌을 중화시키려고 영어로 썼지만 뭐 어때 진심인데⋯.

진심으로 사랑이 많은 또 선한 인간이 되길 원하는데 왜 이렇게 어려운 건지. 내 마음속의 증오와 고통과 분이 싹 사라지면 얼마나 좋을까. 나를 위해 기도해줘라.
당신들 모두 영원히 행복했으면 좋겠어. 몇몇 사람들만 겪는 경험들을 여러분들은 안 겪었으면 좋겠어. 그런 경험들 있잖아, 아름답게 잘 자라는 영혼의 뼈를 부러뜨리는 그런 경험들 말하는 거야.
(이건 원글에는 없는 내용이지만 정말로 간절하게 간절하게 말해. 절대 자신을 위험에 빠뜨리는 길은 걷지 마. 아니 그냥 후회할 것 같은 짓은 절대 하지 마. 멍청한 깡따구는 용감함과는 아예 다른 가치 없는 스턴트일 뿐이고, 또 특히 젊을 때, 어릴 때 내가 했던 행동들이 언젠가 부메랑처럼 돌아오게 돼 있는 것 같아. 난 아직 돌아올 부메

랑이 많은 것 같아. 절대 후회할 짓 하지 마. 후회는 닦기 어려운 때야.)

넌 사랑받을 자격이 있고 니가 어떤 행동을 했든지 간에 넌 용서받을 자격이 있어. 신이 내가 두려워하고 걱정하는 것보다 더 나에게 자비로우셨으면 좋겠어.

또, 너 자신을 비롯해 지구에서 살고 있는 타인에게 해를 끼쳤던 적이 있다면, 너 역시도 너의 잘못을 잊고, 그 잘못이 존재함에도 불구하고 너 자신을 사랑하길 원해. 여러분 모두는 진짜로 정말로 아름다운 사람들이야. 난 그저 평생 이 마음으로 언제나 어느 상황에서나 지냈으면 너무 좋겠다. 행복해!

너에게 신의 축복이 있기를. 내가 만약 너에게 상처를 줬다면 용서해줘. 난 악한 사람으로 살길 원하지 않아 절대로. 물론 내 행동들이 이 주장에 반하기도 하지만. 다시 한번 말하지만 신의 축복이 있기를 바라. (모두 꼭 꼭 행복해! 상처줬다면 미안해!!!)

Fly Back

가사 스윙스   해석 스윙스

Verse 1

What's Up ATL? I'm flyin back.

애틀랜타시 잘 지냈나요, 저 다시 가요. (날아서)

해석 스윙스는 어릴 때 조지아주 애틀랜타에서 거주한 적이 있다.

18yrs, I ain't lying man.

felt like Daniel in the lion's den.

18년이나 지났네, 과장 안 하고.

다니엘이 사자 굴에 있었던 것 같은 기분이었어.

해석 답답한 기분을 과장하여 설명

my flows on fire like a frying pan and since I'm high
let's make a movie.

내 플로우는 불났어 프라이팬처럼

그리고 나 지금 높이 떠 있으니까 영화나 찍어보자.

I'm In The Air George Clooney
I'm staying fly, no Kamikaze.

난 공중에 있어 : 조지 클루니. 난 항상 플라이할 거야. 노 카미카제.

해석 조지 클루니 주연 영화 〈In the Air〉.

해석 카미카제는 제2차세계대전 적을 공격하기 위해 만들어진 자살비
행사들.

fly는 '멋있다' '간지난다' '경제적 부유' 등등의 뜻으로 사용.

Please don't drop Atom bombs on me I come in peace no need for hammers.

부탁합니다. 원자폭탄 저에게 떨어뜨리지 마세요.

전 누굴 해칠 목적으로 온 게 아닙니다, 그러니 총은 꺼낼 필요 없음.

but can I meet with DJ Green Lantern?

근데 저 DJ Green Lantern 만나게 해주면 안 돼요?

해석 DJ Green Lantern이라는 사람은 〈Invasion(침공)〉이라는 라디오쇼를 진행하는 미국 유명 라디오 디제이다. 그 프로에 나가겠다는 말임과 동시에 총 꺼내지 말라고 해놓고 침공하겠다는 말장난.

Man I missed the Old Country Buffet.

and the nice Korean girls American made.

the ones that come home back from college.

I liked their heads filled with better knowledge.

아, 나 old country 뷔페가 너무 그리워.

그리고 미국 스타일로 교육 받고 자란 한국 여자들.

대학 끝나고 고향으로 돌아오는 애들 말이야.

더 많은 지식으로 찬 그들의 머리가 너무 좋고.

해석 old country 뷔페는 스윙스가 어릴 적 남부에서 유명했던 남부 음식 위주의 뷔페체인점이다.

해석 head는 다른 말로 구경성교도 된다. 외설적인 말장난.

my fans all pitched in to get me here.

make sure you get an autograph from Britney Spears.

내가 여기까지 오는 데 팬들이 조금씩 힘을 모아서 날 도와줬다.

'꼭 브리트니 스피어스 싸인 받아와야 해!'

해석 한국에선 당시에 미국 팝스타 하면 브리트니가 대표적인 아이콘이
었기 때문에 그녀 이름을 사용. 미국으로 떠나는 스윙스가 비행기
타기 전 뒤에서 사람들이 그에게 귀엽게 외쳐주던 말을 그림.

(Hook)

Hop on this big ol plane,

close your eyes and get high high high high.

Its like a video game,

when you glide in the sky sky sky sky sky.

이 큰 비행기에 어서 올라타. 눈 감고 높아져라.

하늘 위에서 활공할 때 꼭 비디오 게임 같더라.

해석 'high'라는 말은 '높다'도 되지만 또 마약할 때처럼 정신의 황홀한
상태를 이야기하기도 하며, 극대화된 기쁨을 얘기하기도 한다.

Verse 2

They say "stay away from Crack and AKs,

wake up early, before the day breaks."

yea, "work hard my son Ji Hooni

n if it don't work out, go back to Uni."

그들은 말하더라.

"미국 가면 크랙(마약) 그리고 AK총 조심해.

일찍 일어나, 해 뜨기 전에."

"그래, 지훈아. 열심히 하고 만약 안 되면 다시 대학가면 되지!"

해석 미국인 혹은 교포가 본 한국인의 특성을 해학적으로 쓴 가사. 위 가사를 예로 들자면 일반적으로 우리나라 사람들은 미국 간다고 하면 총과 마약을 조심하라고들 많이 하는데 사실 할리우드 영화만큼 위험하진 않다. 그리고 두번째로 한국 어머니들이 사업을 위해 외국으로 가는 자식을 걱정하며 늘 하는 말씀 : '실패하면 다시 공부하면 되지!' 이런 간지의 말을 해학적으로 풀어씀.

body is with Seoul, flows across the globe.

two places at once.

this feeling everybody gots to know.

yea its way better than blunts.

내 몸은 서울이랑 있지만 내 플로우는 지구 반대편에 있음.

동시에 두 군데에 있는 그 기분 모두가 알아야 해.

대마초 피우는 것보다는 나을 거야.

해석 실제로 미국에 가는 것이 아니고 음악을 통해서 미국 팬들을 확보하겠다는 노래이기 때문에 이렇게 쓴 것.

workin my way from Kimchi to butter.

stretch my reach from Asia like rubber.

can't look back n see tears from mother.

spread my wings, now watch me hover.

김치에서 버터로의 전환을 위해 일하는 중.

아시아에서 쭉 내 리치를 뻗지, 고무줄같이.

되돌아와서 어머니의 눈물을 절대 볼 수 없어.

이제 날개를 펼 거니까, 내가 떠 있는 걸 봐봐.

land of oppurtunities it's America.

I'm on Cloud 9, yes I'm very high.

committed to my dream like a married guy.

기회의 땅 아메리까!

난 구름 9호 위에 있어 아주 많이 하이 됐지.

내 꿈에 헌신했어 결혼한 남자처럼.

해석 Cloud 9은 극적으로 좋은 기분이나 마약 해서 극적으로 좋은 기분 상태를 이야기함. 동시에 구름을 연상케 하니 공중에 뜬 느낌과 무드를 만들어주는 장치.

(Hook)

Verse 3

Man, I used to live in a dream.

but at this moment I'm livin my dream.

I'm sayin I used to live in the past.

and right now I'm just playing it back.

야, 나 한때 그냥 꿈 안에서 살았어. (착각, 우물 안 개구리)

하지만 이 순간에는 내 꿈을 살고 있어.

무슨 말이냐면 난 한때 과거에서 살았었다고.

하지만 지금 난 그걸 재생하고 있다는 말이야.

what I mean is this is the sequel.

like the Bible it only got better.

무슨 말이냐면 이건 속편이야.

성경처럼 좋아지기만 했을 뿐.

해석 이 가사 듣고 조금 헷갈릴지도. 한때 스윙스는 환상뿐인, 즉 현실과는 동떨어진 과거에서 살았고, 지금은 자신의 꿈을 현실과 연결시켰다는 얘기. 즉 더이상 환상이 아니라는 것. 그래서 그게 알고 보면 자신은 과거로 돌아갔다는 것. 하지만 알고 보면 결국에는 속편이라는 것. 정리하자면 과거라는 현실은 구렸지만 과거라는 환상은 좋았고 그 환상을 현실화했기 때문에 결코 구린 과거로 간 게 아니다, 라는 나름 하이개그. ㅋ

해석 성경을 아는 사람은 일반적으로 구약성서보다는 기독교의 hero 예수가 등장하는 신약성서부터 잼있어진다고 한다.

My New Testament. Used to be lactose intolerent, but now i got cheddar.

이건 나의 신약성서야. 한때 나는 유당분해효소결핍증이 있었지만 이젠 나에게 체더치즈가 있다.

해석 유당분해효소결핍증 : 소에서 나오는 음식 못 먹는 것을 말한다. 우유, 치즈 등등.

해석 cheddar : 치즈의 한 종류이기도 하지만 동시에 돈을 의미하기도 한다. 즉 동음이의어.

my voice to your ear at the speed of sound.

I'm airbourne now I ain't need no bounds.

my lyrics are deep, heavy like Iron man.

but flow thru these waves like Iron Man.

음속으로 달리는 내 목소리는 니 귀로 간다.

난 지금 공중에 떠 있잖아. 아무런 체제나 테두리 안에 갇혀 있을 필요 없다.

내 가사는 깊어, 무게가 있지, 철처럼.

하지만 동시에 이 공기를 부드럽게 날아, 아이언맨같이.

and everything I do, science can't.

ya'll gonna hear me like a siren damn.

그리고 내가 해내는 모든 건, 과학이 못하는 짓이지.

너넨 사이렌처럼 날 무조건 듣게 될 거야, 시바.

^{해석} 스윙스의 랩이라는 건 그 어떤 기술로도 대체할 수 없다는 강한 힙부심, 예술가부심.

I'm doin my thing.

my heart is royal like a suicide king.

난 지금 내가 잘하는 걸 잘하고 있어.

내 심장은 위대하다(고귀하다).

슈사이드 킹처럼.

^{해석} Suicide King : 게임용 카드에서 하트(heart)의 킹(king)에 대한 또다른 명칭. 즉 또 동음이의어.

I need to catch up, but my skin's mustard.

to be hot, dog, ya need hoes and cuss words.

that's what "they say" said ordinary John.

I guess i gotta spit way more than everyone.

따라잡아야 돼(ketchup). 하지만 내 피부는 머스터드야(노란색).

내가 핫하려면 친구야(dog는 미국에서 친구도 됨). 여자를 무시하는 가사도 써야 하고 욕설도 써야 해.

그들이 그러더라 "They say"(John legend가 피처링한 common 이라는 래퍼의 노래)라고 평범한 존이 그랬어.

그래서 난 그냥 다른 사람들보다 기왕이면 많이 뱉어야 할 것 같다.

^{해석} 존 레전드의 첫 히트곡 제목은 〈Ordinary People〉 즉 '평범한' 사람들이었음.

^{해석} 극단적인 말장난. 케첩, 머스터드, 핫도그는 다 합치면 핫도그가 되는 요리로 동시에 케첩이라는 빨간 소스의 발음은 따라잡는다는 말도 된다. 또 핫(잘나가기) 뒤에 바로 친구라는 뜻을 가진 dog을 붙였기 때문에 위의 단어들이 연관이 생기는 것이다.

^{해석} 여자를 무시하는 가사와 욕설 : 미국의 힙합 트렌드는 일반적으로 돈, 외설, 현실적인 욕설과 폭력, 직설적인 정서가 강하다. 물론 다 그렇다는 것은 아니다.

^{해석} 기왕이면 많이 뱉어야 할 것 같다 : 어차피 해오던 것들이었고 난 신참이니 남들보다 더 해야지 하는 어투.

to prove myself after all I'm new here.

brown ain't the only sweet around like root beer.

my brother wanna to be a pilot, he wanna touch the sky.

Imma let his dream fly.

난 나를 증명해야 하잖아, 어차피 신참인데 뭐.

흑색, 갈색만 달콤한 맛 나는 거 아니야 루트비어처럼.

우리 형은 파일럿이 되고 싶대, 그는 하늘을 만지고 싶대.

그러니까 난 그의 꿈을 날게 해줄 거야.

^{해석} 루트비어 : 한국에서는 찾기 힘든 미국의 갈색 탄산음료. 흑인들만 멋있는 게 아니야. 스윙스 본인도 할 수 있다는 얘기.

^{해석} 스윙스의 친형 문태훈은 스윙스가 이 노래를 만들기로 작정했을 때, 그 당시 꿈이 비행조종사였다고 한다.

1000마디

제1장 나는

소주 좋아하는, 말 많은 rhymer,
키는 매우 작아, 맨날 하지 작업,
게을렀던 과거, 잊히지 않아,
나에 대한 소문 들으면 믿어 그 말은 맞아
천성은 한결같아, 허나 여잔 맨날 바뀌어
짜장면, 타코s, 피자와 waffles,
빅맥s, 와퍼s, 먹는 거 안 가려
힙합이나 하는 나는 참치 먹지 날로
화나도 난 말로, 해결하려 하죠
근데 여자가 보는 앞에서 모욕하진 말아
혹은 친구들, 뒹구는 거 안 좋아하면
사회생활 성공 비결은 존중과 타협
simple, 마치 업소녀들이 피우는 담배
난 평범한 인간이지만 못 봤어, 내 한계
음악하다보면, 하기 쉬워 교만
하루에 반성을 몇 번이나 하는지 넌 몰라
근데 잘하는 건 사실, 네 랩은 fiction
내 음악, 수필, 영화로 만드는 게 미션
youngcook은 젊은 요리사, 작업장은 kitchen

나는 그냥 돼지, 음악이 나의 chicken
위대한 유산 남길 거야, Charles Dickens
난 다 큰 백호랑이, 덤비지 마 개새끼
애들 들어가, 안녕히 가세요 goodbye
부킹 따위는 안 해줘도 오늘은 성인 나이트
나는 관심받는 것에 굶주린 어린 왕자
삶이 킹이라면 자꾸 넘기려고 해 왕관
난 축구만 좋아하지, 철드는 건 싫어
맨날 잔과 또 주머니와 모텔방만 비워
나는 너무 raw, 피냄새가 나
대가리에서 그래서 모두가 욕하나봐
죄송합니다 나는 그냥 나
변할 수 있어도 난 절대 안 변할 거야

관 안에 갇힌 기분, 매일 난 느끼죠
이제 다 컸지, 너에게 던지지 이 시구
난 원했지 평화, 근데 내 운명은 뭔가?
모두가 가만 있던 나를 놔두질 않아
제발 부탁해, 너희 나머지
hater에 대해서 랩 좀 쓰지 마라, 알겠니
네가 무슨 hater야 팬도 별로 없구먼
내 앞에 서면 불편하지? 그만 좀 쳐 구라
Keep it real, keep it real 무슨 약 먹었니?
큰 옷과 목걸이로 자신을 위장한 이 키워

나도 너네 부러워, 뻥을 잘 쳐서
잠은 어떻게 자고 밥은 또 어떻게 먹어
매일매일 치지 뻥, 또 욕하지 뒤에서
다시 만날 때는 웃으면서 JM을 외쳐
Damn, 연기도 참 잘하네
진심은 쏟아져나와, 네가 꽐라일 때

나는 기뻐, 어 왜냐하면
하이에나, 처럼 살 필요 없어서
넌 내 자릴 원해, 원은 나의 넘버
캐스트로 간지, 뭐하러 하니 선거
King of the jungle 아직 안 쳤어 내 정점
아주아주 서서히, 네 목표에게서 더,
해체한 brown eyes 우린 멀어져 점점
술집 알바 이후로 난 본 적 없어 면접
사장님들이 날 불러서 아주 정성껏
제안해주지, 부자 만들어줄 거라면서
내 귀엔 늘 candy, 그래서 넌 입 댔니?
좋으면서 간지럽다 하지 나는 괜히
현아 같은 색기, 모카와 같은 색의
애기가 좋아 결혼은 당분간 회피
나는 랩 메시, 늘 찢어 인터'넷'을
아파튼 필요 없어 곧 홍대가 내 캐슬

이 도시를 점령하면 사회책에선
이름을 정해줄 거야 이건 아킬레스건
스윙스만 관련돼버린 이 사건
일인군대로 어떻게 다 해냈을까요
표정이 무덤덤 위에선 자꾸 갈궈
골키퍼의 공마냥 너는 계속 까여
난 DJ가 아냐 안 궁금하지 네 사연
170cm 근데 롯데처럼 난 자이언트
힙합이 내게 잘해줘서 난 그녀와 다녀
용돈도 주더라 난 없는데 달라 한 적
스폰을 해주더라고 그래서 잡혀 살아
아무렴 어떠니? 일할 때만 나는 가요
삶은 경주장, 우린 모두 탔지 범퍼카
날 키워주시다 이젠 돈 달라고 해 엄마가
어릴 땐 꿈나무, 이제는 돈 나무
모두가 말할 거야 좋은 아들을 뒀다고

공부 못했어도 난 인정받는 깡따구
이젠 물리기 없기, 꽤 오래 쳤잖아 사구
난 내 얘기를 많이 해, 음악은 나의 fan
난 그 groupie에게서 모든 단물들을 다 빼
damn 또 깼어 내 기록,
정말 보물보다 찾기 힘들어 새로운 시도
난 거기도 가봤고, 그것도 해봤지

거기와 그것 대신에 아무 단어나 삽입
하면 내 말이 뭔지 이해할 거야, baby
오늘은 축제야! 갖고 와 vodca와 reggae
the king is back again? 이젠 감흥도 없어
근데 난 아이돌들의 아이돌 걔들 반응 좀 떨어
이건 겨우 appetizer 그래 맛은 어떠니
천천히 잡숴, 50분짜리 곡이야 어차피
MC's, rap stars, bosses 다 내 style
빌려가지 많이, 자 이제 너도 해봐
미워하는 자에겐 난 끝나지 않는 악몽
허나 안목이 있는 모두에겐 꿈 키워줬다고
대여료는 없어 그저 pay me my respect
다음 백 마디에서는 질문들 좀 던질게

제2장 에?

왜 넌 왼손 쓰니, 지훈아 인생 어떻게 살래?
왜 넌 머리에 기름 발라, 찌그러져 학생답게
왜 넌 눈이 그렇게 작니, 왜 표정이 띠꺼워?
왜 웃지를 않아, 불안하잖아 너 좀 무서워
왜 남들 하는 공부 안 해, 랩이 밥 먹여주니?
왜? 넌 hot하지 않아, 넌 아냐 문희준이
왜 말대꾸 해 자꾸? 무조건 내 말이 맞지

난 고대 못 갔지만 너넨 가, 이건 선생 방식
그건 왜 물어봐? 왜 너는 늘 쑤셔야
직성이 풀리니? 왜 마리오 하려 해? 루이지
왜 비디오카메라 압수했대 2001, 911?
상처받으면 이유 묻지 마 발라라 후시딘
왜 넌 살을 못 빼? 그러면 가수 못해
예능에 나와서 유명해지고 싶지도 않니?
왜 형만 랩 잘해요? 왜 다들 구린 거야?
그러게 왜 나는 항상 미움만 받게 된 걸까?

가수가 뭐길래 왜 다 노래 못하는 얼짱으로
가득찬 지는 별만 있는 거냐? 설마
돈 때문에? yea 돈 때문에
손때 묻네 왜? 뭐, 왜, 뭔데 그래?
스윙스 넌 청개구리 이러곤 설명 못 해
너 그럼 월세 못 내, 왜 자꾸 정색을 해?
미솔 보내줘 렌즈에, 얼렁얼렁 왜 이래?
피디님 쟤 그냥 놔둘까요? 그냥 컨셉이래
왜 넌 입 좀 못 다무니? 여긴 대한민국이야
왜? 싫으면 여기 있지 말고 넌 미국으로 가
왜 넌 빡촌 다니면서 바람피우는 여잘 욕해?
왜 넌 예의 없는 사람 싫어하면서 노크 안 해?
왜 넌 몸매도 안 좋으면서 꽉 끼는 옷 입어?
글쎄, 왜 남들 자꾸 봐? 싫다며 사람들 시선

왜 스웡스 성격이 저런 거야? 대체 누굴 믿고
왜 너는 다 병신 같은데 왜 왜 얼굴만 예뻐?
왜 과자는 먹으면서 담배에만 목을 매?
평소엔 말 못하다 뉴스에 나오는 놈만 패?
왜 깜빵에서 출소하면 두부를 먹을까?
왜 남녀평등 따지면서 넌 안 내냐 술값?
왜 동생들은 부리고 형한테 못해 부탁?
왜 이제는 말 못할까 TV 나온 김구라?
왜 실명만 거론하면 꼭 diss라고 단정지어?
난 MC 있는 그대로 그림 그리는 게 직업
왜 미국에선 의료비가 비쌀까 왜?
잘못한 놈들이 먼저 꼭 뒷담화를 왜?
개고기 좋아하면서 외국인에겐 왜?
솔직하게 말 못해, 걔네가 누군데 왜?
왜 영어 못하면 죄를 지은 사람이야?
과장된 말이라고 생각하느냐? 설마 시발
난 평생 좋은 취급 받았지 이거 하나로
근데 토익 꼭 봐야 하는 이유가 뭐냐고?

아니 가격은 왜 이렇게 비싸? 2년마다 또 다시 봐
존나 어렵게 만들고선 묻지 '학원 다니느냐?'
ybm, 시사, 대국민 사기치냐?
이건 아주 작은 별볼 일도 없는 예시니까
넘어갈까, 왜 난 못생겼는데 인기가 많지?

왜 내 실력은 sick, 근데 넌 안 걸리니 감기?
그래 내 실력이 sick 하면 난 안 되고파 완치
이름을 남기고 싶어 마치 말리나 간디
그러니 묻지 마 "도대체 왜 하니 천 마디?
왜 내는 거야? 벌스를 대체 몇 개를 낭비,
왜 녹음비와 믹싱비와 시간을 다 날려?
왜에? 근데 스윙스야… 나 16마디만 줘"
왜 남의 등에 업혀갈까? 그런 사람들을
보면 묻고파, "님아 대체 왜 사나?"고
모욕을 당했으면서 왜 그 사람을 만나?
왜 모를까? 모두가 너를 비웃고 있잖아

왜 그러면서 남자다운 척은 다 할까?
왜 곤조를 지킨 놈은 인정은 안 받아?
왜 남을 도와주면 욕을 먹는 거지 왜?
왜 도움받고 나선 고맙다 절대 안 해?
왜 집이 따뜻해도 속은 항상 차가워?
두 개의 팔을 빌릴 수 없어서 날 안어
왜 aids가 어디서 나왔는지도 몰라?
인간이 다 만들었단 음모는 들어봤나?
왜 TV에 나오는 말은 꼭 다 믿어?
모르는 사람 말이라도? 그렇게 말이여
왜 우리나라 기독교는 진짜 유난히
심한 걸까, 왜 목사들이 타지 부가티?

왜 나는 목사의 아들이면서 이럴까?
여자가 좋아 펀치라인보다는 픽업라인
왜 난 권력이 싫지? 왜 난 뒤통수 맞지?
왜 다들 싸우는 걸까 잘 지내다 말이지?

왜 자존심이 문제인 걸 알면서 말을 못해?
왜 나는 술이 있을 때 빼고는 밤을 못 새?
왜 아직도 난 불을 끄고 자는 게 힘들지?
왜 안 잊혀져, 어릴 때 괴롭혔던 선생들이?
왜 자퇴했냐고 나에게 이젠 묻지 마
나랑 안 어울리는 곳은 학교와 뷰티숍
왜 웃는 걸까? 다들 내 가사를 들으면서?
왜냐고 자신에게 물어 '누가 최고 rapper?'
왜냐면 말이야, 내가 노력할 것 같으냐?
그런 줄 알았는데 왜 다들 '그만 놀아' 할까?
연습과 연주의 차이는 뭐지?
모두와 나와의 차이랑 같으냐 혹시?
세계기록 세우는 데 몇 분 남았냐?
언더 시장 망했지, 여기 몇 분 남았냐?
나도 겸손하고 싶은데 그거 어디서 팔아?
나 건성 피부인데 혹시 얼굴에 발라?

왜 남자들은 한 번 하기 위해 목숨 바쳐?
기술이 필요 없는 화류계는 돈 잘 벌어

왜 난 몸매가 좋은 여잘 보면 눈을 못 떼
다음 챕터는 여자 얘기로만 전부 다 도배

제3장 여자 여자 feat. 착한 소년

Freud가 말했지 다들 원하는 건 sex
그래서 모두가 그렇게 하는 거 하는 거래
대충 설명해볼게, 너넨 내 직업을 알지
무의식적으로라도 난 하고 있다네 구애
Mr. Freud 박사, 난 안 해 거짓말
형 말이 좀 맞아, 사실 난 좋아 여자가
사실 난 항상 의식하면서 이짓을 해
그리고 여자도 내 볼 땐 전부 비슷해
우리는 사서 마시고 만들지 식스팩
몇백만 명이 나가서 노래해 슈스케에
숙녀들은 구두와 가슴과 콧대를 높여
사내들은 토요일에 빼입고 강남역에 모여
그녀는 지가 예쁜 걸 알어 흔들지 그 hips
너무 더럽지만, 우리 안엔 다 있어 긱스
더럽다고 하는데 분명 어딘가 존재해
이성이 제어할 수 없는 야수 같은 성욕이

검정치마 입을 때 그년 좋아 보여

애인이 바로 옆에 있어도 고개가 돌아
자동문, 마치 program이 돼 있는 듯
목이 한 바퀴 돌아가, 난 떠 부엉이 눈
뭐가 있는 거야? Up in here?
Up in here? Up in here?
내 옆에는, 예쁜 언니들
내 곁으로, 않으세요
chocolate 피부, juicy한 입술
일본어 애교, 이찌방, 최고
키 작은 송혜교, 샤라포바 괴성
항공사 예절, 타주세요 웰컴
홍대의 외로운, girl 보면 괴로워
4번 정도 보챌 때까지 지키는 태도
턱을 높이 올려, 고개를 돌려
머리를 쓸어넘기고 표정은 '뭐여'

눈썹을 올려, 친구들 눈칠 보며
웃음을 훔칠 때면 기분이 좋아 나는 도적
농구로 치면 그것은 첫 쿼터
아직 못 봤지만 뭘까 연애의 목적
그걸 생각하면서 계속 들어나보소
사람들 많은 술집으로 모둘 옮겨
하나같이 다 처음인 척 못 놀아
어색한 사이의 얼음 깨는 소주

사실 술은 마약, 다 뚫는 공격
서로를 책 취급하고선 정독
'잘해봐'란 표정의 포스터 속 광고의
모델을 보다가 다시 돌아와선
옆 테이블의 남자들 기술을 구경
뻰찌를 먹는 애들을 보면은 묵념
여자들은 대단해, 뭔 생각하는지 몰라
비결은 똑같아, 그냥 끝까지 다 가본 다음
자신감을 유지, 어떻게든 둘이
격리하는 데 성공하면 도와주지 술이
그 자신감도 대부분 훈련을 통해서
후천적으로 다 만들어가는 process
나중엔 버릇 되면 자아가 하나 발명돼
축하해, 이제 넌 더이상 사랑을 못해
왜냐면 유혹이 게임이면 너는 당연 선수
tetris가 여태껏 안 망하는 이유는 뭐죠?
그래 잠깐 또 한 번 나― 딴 데로 샜네
그리고 난 무조건 좋아 너의 머리 냄새
통 큰 여자, '지갑 안 갖고 왔어' 뻥 치는 여자
농구 스타일, 튕기는 여자, 자취생 집 비는 여자
날 아래로 보는 키 큰 여자, 거리에서 담배 피우는 여자
겨털을 안 미는 여자, 귀 뜯고 소리치는 여자
친구들 다 예쁜 여자, 좀 모자라 B급 여자
몸매가 아트 미술 여자, 안에다 해 미친 여자

꽐라녀, 참이슬 여자, 돌아서면 날 씹는 여자
그러면 남자 잃을 여자, 구강악취 노 키스 여자
힐 신고 나보다 리틀 여자, 계속 집착해 시끄러운 여자
MC 좋아해 힙플 여자, 잠실만 가는 리그 여자
쇼핑몰 하는 사장 여자, 여자 사장만한 여잔
없지요 그렇지 허나, 존심 건들면 맛 간 여자
이 시대엔 착한 여자, 찾기 힘들어 다 강한 여자
4차원의 빵상 여자, 임산부 '먹자 왕창' 여자
채팅만 하는 가상 여자, 남자도 패 포악한 여자
다 부셔버려 락한 여자, 과체중 나를 압사 여자
"형사지, 우리 아빠" 여자, 건들면 감빵 '빠빠 여자'
아줌만데도 에쁜 나경원씨는 그래도 아냐 여자
세상의 절반을 차지한 여자
몰라 난 몰라, 그들은 뭘까
이제 세상에 소개할 남자가 있네
남자는 아니고 그냥 중3이래

착한 소년이라고 해 그런데 안 착해
말은 진짜로 안 듣지, 몰라 포르노밖에
내게 안 찾아왔으면, 큰일났을 거야
나는 가만 있어볼게, 얘 랩 들어보자

(착한 소년 16마디)
여자들아 안녕, 난 현유라 하며 찐따라서
여자 한 명, 사귀어본 적 없지 손만 잡어봐도
난 좆물이 졸라, 쏟아질지 몰라
만약 꼬추 잡아주면, 그땐 꼬추 폭발
일본여자, 미국여자, 인도여자, 모든 지구여자
내 할머닌, 시골여자, 먹고 싶어, 친구여자
스윙스가 섹스한 스위스여자, 스윙스가 키스한 그리스여자
스윙스가 좋아하는 빵빵한 힙스에 가슴이 큰 여자
난 좋아해 정장여자 경찰여자 혹은 학교 갈 때
보는 치마 짧은 고딩누나, 다 내가 바보 같대
야동밖에 몰라서, 다 좆까고 그냥
내 꼬추가 존나 커, 학교 가고 그딴
병신 같은 수업 받고 애들과 노는 거 좆까
yo 난 찐따라서 친구 없어 화장실만 가서 똥만
존나 종일 싸지 왜냐 단지 할 짓 없어
딸 치면서 나비처럼 날아 좆물을 싸 마치 ROCKET런처(폭탄 소리)

제4장 배우자 feat. 착한 소년

(Swings)
착한 소년아 참 잘했어, 이놈은 학교도 안 가
난 힙합 사비에 박사 놈은 나에게 도망왔어

집밖으로 잘 안 나가는 운둔형의 천재 타입
작가가 되기 위해서 난 놈이니 잊어버려 Kaist (아싸아)
여러분 애가 맛이 좀 갔어도, 격려와 이해로
응원만 해줘, 얜 되지 않게 나라의 피에로
진심으로 이 재능 많은 아이가 너무 부러워
재만할 때 기댈 사람이 없어 낮에 울었어 (진짜요?)
근데 소년아, 삶은 야동이 절대로 아냐 (네, 선생님)
나도 아주 가끔 보게 돼, 너를 벌레로 말이야 (진짜요?)
그래 사실 그래, 근데 너 만약에 신문 나오면
아마 너를 버릴 것 같아, 미안해- 게임 오버 (개새끼네)
세상은 그런 거야, 또 나도 인간일 뿐인걸
장난하지 마, 내가 너 그냥 이겨 방망이 치워 (하긴)
선생님이 조언해줄게, 얼른 자리에 앉아
대신 폭탄 제조는 잠깐 쉬어, 또 나는 날리지 마 (네, 선생님)

나도 무지하지만, 역사는 늘 같은 회로를 돌지
위대한 리더가 탄생하면 사람들은 몰리고,
그를 중심으로 해서 또 계속계속 불어
염두에 둬, 옆 동네도 동시에 마을을 꾸며
경쟁자가 생긴 거지, 이건 형제 사이에서도
모든 인간이 경험한 거니 안 당하게 계속
영토를 확장하고, 무기와 군사력을 키워 (아아)
성벽을 쌓고, 자신들의 사람들을 지켜
가끔 큰 규모의 갈등이 팀과 팀 관계를 망쳐

외교적 수단을 써도 운명이란 건 못 막아
한 마음에서 아들을 잃었다면 그건 더 확실하고
마을의 영혼에 담아둔 분노는 쌓여가죠 (그러게요)
눈에는 눈, 이에는 이,
가해자들도 어깨 뒤를 살피며 밤을 걷지
두려움이라는 감정은 나중 증오로 진화
그림 그려줄게, 일본과 한국 보면 쉽나 (우와)

세월이 계속 지나가면 어느새 나라가 탄생
리더가 나쁜 놈이라면 욕심이 나서 현재 상태
가 모자라다 생각하고 어떻게든 평화를 깨
또 염두에 두어, 이젠 다른 나라도 또 엄청 많다네
나라마다 성격이 다양해, 리더가 중심돼서
다른 두 나라 싸울 때 어떻게 하면 이 대결에서
손해를 안 볼지 생각하는 건 당연해
남이 절대로 보지 못하는 마음 한편에
숨겨둔 이유를 가지고 한쪽 편들지도
두 놈들이 다 지치고 날 때 무기를 들기도 (야비하네)
굉장히 복잡하면서도 또 어쩌면 단순하지
약육강식을 알아? 모든 생물체는 똑같지
살아야겠단 의지죠, 그게 곧 휘발유
구멍가게 사장, 이제 일하는 곳은 이마트
악어와 악어새, 가수는 회사와 작업해
체대 다니다가 망친 애는 상인들을 가서 패

지금쯤이면 머리가 조금 아플지 몰라
창문을 열자, 바깥세상을 또 한번 볼까
중국과 일본 사이에 낀 이 작은 땅덩이
걔네가 빵이고 우린 햄이면 미국이 와서 먹지
그때도 정말 심했지, 지금도 똑같아
대기업이 짱 되면 우린 돼 내시의 X같이 (하하하)
이해가 가나요, 그 수많은 마을들 중에
우리가 밀리고 한 나라만이 세상을 rule해
처음일 것 같냐, 천만에 친구
Greece, Rome, Persia 등등이 있고
나중에 너무 커지면 어떻게 되게?
내부에서 무너져, 마치 힙합 crew와 label (헐)
lea-der와 lea-der는 계속 부딪혀
누가 암살했을 것 같냐, Caesar를
사공이 많으면 배는 가라앉아
먼- 산으로- 가기도 한참 전에 말이야

그러면 그 이후에 가끔은 어떻게 되게?
구멍가게 사장들이 열났다면 일어서지
주식에선 우리 같은 사람들을 보고
개미라고 하더라, fuck u 돋보기를
들고 신인 척하는 새끼들
개미가 모이면 적수가 안 돼 호랑이도
하 괴물이 사라졌을 땐

사람들은 대개 돌아온 힘을 감당 못하지
혁명 아니면 멸망, 혹은 독재가
일어나면 후에 거기서부터 또 반복된다
개미집을 밟아봐, 며칠 후에 다시 가
걔네 끝났던 것 같더니 땅을 또 한번 더 팠어
난 자연 좋아해, 배울 게 너무 많아
기회가 없었다고? 못 배워 억울하냐?
흠… 내 생각은 이래, 신은 이미 다,
인간에게 필요한 소스를 다 줬다고 봐

알아야 하는 이유는 단순 대학 때문이 아냐 (그럼요)
사슴이 목마르게 되면 당연 물을 찾잖아 (살기 위해?)
어… 세상은 언제나 냉전,
어… 이건 그냥 생존
네… 사기 당하지 마
네… 악마는 프라다를 입는다 (앤 헤서웨이 존나 섹시)
예, 눈을 떠 눈을 떠,
실리콘을 관통하는 투시력을 키워 (오우)
착한 소년아, 섹시한 여자만 답이 아니야 (왜요)
네가 민증을 따면 그땐 데리고 갈게 파티나 (아 빨리 나이 먹자)
유행을 선도해, Smart is the new sexy
깃도 좋지만 먼저 세워 지식의 엣지
어… 난 그저 하수구서 나온 남자
네가 좋아하는 닌자 거북이는 아냐 (존나 구려)

Read more, Learn more, Change the globe
nas도 어린 나이에 학교 때려치웠고

소년아 예술가들이 하는 몫이 꽤나 커
지금 나올 형도 음악을 위해 태어났어
JM 헛똑똑이 곧 등장, 미리 소개해
모두가 헤매일 때 얘는 길이 보이네

제5장 남과 여 feat. Giri Boy

어 giri boy네, 얘도 미친 놈이지
경험도 없으면서 사랑 곡 쓰는 게 특징
잘 쓰니 말이야, 생긴 것도 괜찮아
GD를 닮았다는 소리를 많이들 하더라
이럴 줄 알았지 둥그래지는 눈들
여자들 난리가 났지 자리에서 꿈틀꿈틀
beat 살짝 바꿔봐, 기리 style로
시영아 즐겁게 해줘, 이찌, 니, 산, go

(Giri Boy 20마디)
즐거운 얘긴 아니고
내가 담배 피울 때마다 옆에서 불고 말리던
그녀가 생각나 참 뜬금없이

그때부터 아직도 전혀 못 끊고 뿜는 연기
난 잘못한 게 없었어 담배 때문이 아니면
그후에도 몇 번의 즐거움도 다 잃었어
5번이 되는 연애에서
넌 서 있었고
나는 고장난 컴퓨터처럼 다운됐어
이제 여잘 만나면 두려움이 앞서
너무 사랑스러워도 아끼지, 그런 좋은 단어들
너무 퍼주면 상대는 금방 사라져
난 그걸 알기에 그냥 말없이 안아줘
내 옷을 팔아서라도 다 주고 싶었다고
생각했을 땐 이미 허공에다가 말하는
바보가 돼 있었지
근데 그때가 언제였지

옛사랑들이 추억이 되지를 않아
내 첫사랑은 없나봐

(Swings)
나는 새벽 스타일, 밤에 길을 걷다가
동물의 왕국을 자주 보게 돼, 어머나
아까 얘기했던 것과 같은 맥락에
속한 광경들이니, 묘사는 다 생략할게
여자라면 알아, 남자들은 처음에

특히 잘하거든, 영화에, 선물에
해달라는 것을 샘물같이 멈춤 없이
갖다 퍼붓지, 애인의 맘을 적셔놓기
몇몇의 여자들은 이런 걸 고마워하기도
몇몇은 경험이 많아 필요 이상으로 똑똑해서,
그런 남자들을 그저 호구로 봐
원하는 건 다른 건데 줄 땐 몸으로만
모든 생물체는 다른 곳에 기생해
자연일까? 그럼 우리 존재 자체가 민폐지
그들은 판단하지 않아, 단 순진한 남자들아
여친을 사귈 땐 주위 사람들의 말 좀 들어
그럼 넌 1루, 2루, 3루, 홈으로 가도 safe
삶은 로맨스 영화가 아냐, 병신아 꿈 좀 깨
사랑은 전쟁이래, 나는 많이 봤어 상처
그걸 안고 예민했던 앤 다른 숙주를 찾아

'다음번엔 다를 거야, 난 절대로 안 당해'
그의 다음 여잔 불쌍하게도 그의 감시 안에서
살지, 무슨 말만하면 의심을 받지
숨 못 쉬어서 또다시 그의 심장을 밟고 가기도
하고, 반면엔 누군 앨 측은하게 여겨
그를 생각하는 맘이 애인을 넘어선 어머니와
비슷한 심정. 남잔 버릇이 점점 나빠져
마냥 착한 여잔 앨 위할 뿐, 자긴 아파도

회오리를 치며 그들의 연은 변기 속으로
가는지도 모르고 여잔 뒤에서 말없이 보고
damn··· 말없이 보고
다신 상처 안 받겠다고 다짐해 이걸로 끝
이젠 좀더 자신의 취향에 맞고,
키도 크고, 반반하고, 봉급 높은 남자로
몇 개월 후 그녀는 진화해서 돌아와
전남친은 그녀의 싸이를 보며 oh my gosh

바뀐 번호를 어떻게든 알아내서
콜 하지, 전엔 없던 찌질함으로 잡아 계속
마음도 이미 떠난 그녀는 아쉬울 것도 없고
집 앞을 찾은 걔가 울며 불러도 모르는 척도
이젠 아무렇지도 않게, 얼음 같은 마음으로
현재의 남친 만나서 매일 뜨거운 밤을
보내고, 만족할 수밖에 없지 새로운 삶에,
근데 이미 경험한 감정들, 시드는가?
자기 미래를 걱정하기 시작해, 이러다가
이 사람이 질리면 어떻게 또 연애하나?
그래서 나이 많은 언니들과 만나 한잔– 하며
연기를 뱉으며, 필터에 키스 자국을 남겨
깨닫는 게 많아진다 생각하지, 왜냐면 이성을
사용하면, 속물 되기가 너무 쉬워
배짱보단 지갑이 두꺼운 남자를 택해

그러면 미래보장 수표는 반지와 함께 택배

아까 그 차인 놈-은 사팔뜨기 눈, 사이코-가
되어서 맥주병을 들고 밤에 돌아다니죠
감정이 안 가라앉아 양치하는 차인표
아무 여자랑 만나, 괜찮은지도 확인도
엄… 하지 않은 채, 막말만 해
돈도 없으면서 개한테 말해 "일 안 해도 돼"
이미 스무 살 후반에 접어든 예비 아저씨
근데 원빈 같은 모습은 단 하나도 없지
친구와 술을 먹다 갑자기 걔를 그리워하며
눈 꽉 감지, 보이기 싫은 맘의 창문을 닫아
그는 깨달았어, 자신은 냄새 강한 쓰레기였다는 사실을, "baby"
라는 애칭을 가진 그녀는 그저 자연스럽게 코 막은 애기
뺨 맞은 듯한 그녀는 그저 퇴장한 외질
비극이라는 개념을 설명하고 싶어
일상생활서도 매일매일 보긴 쉬워

제삼자가 봤을 때 해결할 수 있는 문제를
둘이선 못 풀, 때, 사용하는 말인 것 같아
이건 개인 대 개인으로 생긴 문제랍니다
5천만 인구의 문제는 어쩜 도가니탕

제6장 도가니 feat. Youngcook

얼마 되지는 않았지, 친구들과 동네
CGV에 놀러갔지, 도가니나 보재
난 사실 무슨 내용인지는 잘은 모르고
팝콘과 콜라 사느라 바빴지, 핫도그도
관찰력이 그렇게 뛰어난 편은 아냐 난
근데 영상에서 계속 나오더라 십자가가
30분도 되지 않았을 걸, 영화를 보다가
친구들을 놔두고 뛰쳐나왔지 토 나와서
우리 아버지는 퇴역 목사. 철학, 신학 박사
학위를 취득하기 위해서 먼 미국으로 갔다
가셨다 그래서 내 발음이 이러는 거고,
강한 교리 교육을 받았어 : 기도하고 밥 먹고
나이를 먹어가면서 병신 선생들 몇이
이유 없이 반기독교적 사상을 가르쳤지
초등학생에게, 난 혼란스러웠지 꽤
어떤 관점으로 세상을 볼지를 몰랐으니

그러다 진짜 보수적인 외국인 학교 갔어
중학교 3학년 때, 난 이미 선한 애가 아녔어
여자 손도 두려워해야 할 나이에 난… 어…
15살 때 여자 속에서 잃었지 순결
죄책감, 죄책감. 털어내고 싶었을 뿐… 퇴폐가

심해져, 흑백 없대, 그냥 회색만
난 지옥이 두려웠어, 늘 마음이 무거워
불안한 기분 없애기 위해서 밤에 술 먹어
우리 어머닌 내 안에서 악마를 봤던 것 같대
그때 난 정신이 나갔었지, 그 어떤 접근도 안 돼
대한민국이란 나라도 너무 싫었었고
형들은 우두머리인 날 제일 괴롭혔어
매일 악몽을 꿨어, 자는 게 두려워서
새벽에 혼자 농구하러 가 공을 계속 던졌어
아마 외국인학교를 간 게 컸던 듯 영향
미친 교사가 많았어 사이비 수준으로 정말

실수하는 아이들을 파리처럼 죽였지
근데 지네 백인 애들이 섹스스캔들 나도 묻었으니
시민권자가 아닌 애들만 모인 학교였고
그걸 알았는지 몇몇은 우릴 안 봐줬어
담배 피우다 걸리거나, 지각 3초를 하면
그때 절실히 느꼈지 인간이 쓸 수 있는 가면이
얼마나 두꺼울 수 있는지, 법이 허락하면
끝은 없는 거라고 생각해, 그래 여러분 과연
내가 과장된 말을 하는 걸까, 생각해보길
안젤리나 졸리 또 존 말코비치,
주연의 체인질링을 봐, 그리고 쉰들러스 리스트,
이라크 파병된 미군들이 거기서 하는 짓

평생 한 사람을 죽여도 되는 것이 허용되면
그 누구든 한 사람씩 꼭 해결하게 될걸
일본 기모노가 어떻게 만들어졌는지 아니?
걔넨 참 실용적이었지, 허락했지 강간까지

테러범들은 다른 줄 알아? 걔네들 하잖아 자살,
사후에 몇십 명의 처녀가 기다린다 믿는단다
절대 오해하지 마. 그저 fact만 얘기중
우리나란 과하게 지우잖아 뱃속의 애기를
위선자가 되려면 잘잘못에 대한 인지가
먼저 필요한 듯해, 진짜 심각하고 진지한
얘기를 하는 게, 오늘 아니어도 필요해
내 말을 다 듣고 난 후 나를 씹어도 돼
사실 아까 말한 fact들을 나열하기 전에 먼저
과거의 행동 또 종교를 깎을 생각 없다 선언
했어야 했는데, 아무튼 난 이래서 헷갈렸어
엄마는 기도하고, 친구들과 난 밤새 달렸어
사람들은 기댈 곳이 필요해, 난 한때 그걸 잃었어
챕터가 끝나기 전 친구 한 명 소개시켜
주도록 할게 근데 이제 또 한 명의 guest가
나오게 될 차례 이 곡 만든 영국이라 해

(Youngcook 16마디)
구원을 원한다면 헌금 봉투를 꺼내

원치 않으서, 천 원짜리 채워넣은 애
이것은 영적 전쟁 영업 뛰어, 전도해
오늘 일용할 양식을 내 통장에 봉헌해

은혜받으려면, 십일조는 꾸준히
물질적인 거에 쪼끔 약하신 내 주님
십계명 뭐, 좆도 신경쓰지 마라
죄는 씻을 수 있잖나, 내 기도빨 잘 받아

'너 절대로 간음하지 말지어다'
날 세속의 잣대로 가늠하지 말지어다
베란다에서 천사처럼 날았네
파리의 나비부인, 매독을 앓았네

그리고 말하지, 난 절대 아냐 아간
도전하고 싶다면 헌금 액수 까봐
증명 없는 사랑은 사랑이 아니야
십일조 빼먹는 새끼는 마귀며 사탄이야

(Swings)
열역학 제2법칙 고딩 때 유일하게
기억하네, 일부만 얘기하자면 이렇다네
결국 하얀 티도 아무리 잘 보존한다 해도
시간에 의해서 까매질 수밖에 없대 계속

영국과 난 달라, 하나부터 열까지 다
하지만 이건 동의할걸, 인간은 다 똑같다는
그 아이디어… 네, 목사도 승려도
다 알잖아 완전한 인간이란 것은 없어
세상에 정의가 없다 해도 원하는 것 하나는
전 인류의 공통된 소원 : 지옥 가는 것 악한 자가
누구를 믿든 간에 그건 결국 나만의 선택
단 조언만 하나 할게, 인간은 안 믿길 권해

제7장 압력 feat. Psycoban

96년도 여기 들어왔을 때
형들한테 반말하는데 다들 깜짝 놀라
첫 단추가 중요해, 난 삐뚤어졌지
순종적인 아이에서 쉽게 처키로 변신
광기라는 것은 중력과 매우 비슷한 듯
크게 힘 안 들여도 돼, 필요한 건 작은 push
하수구의 위 바닥서 하수구 안으로 나락
지옥의 다락방 지붕을 뚫고 쭉쭉 내려가
더러웠던 입, 내가 했던 믿지 못할 짓
그래도 모범생들은 지켰어, "놔둬라 geeks"
호감을 표현하는 걸 어려워하진 않았다
우리 부모님이 원했던 내 모습이라 난

부러운 마음과, 일본처럼 갖고 있었지 동경
눈치 안 보고, 선생들은 벌레로 안 보며
질투라는 감정에겐 난 늘 불감증을
느껴왔는지, 얘네를 좋아하고, 다른 놈들은
잔인하게 대했지, 특히 나와 비슷했던 삶을
사는데도 별것 아닌 새끼들 다 짓밟았어
은평구를 돌아다니며 수금하러 다녔고
뭐라도 증명하려고 나는 싸우고 또 싸웠어
신기했던 건 단 한 번도 진 적이 없었지
딱 한 번 쫄았어, 동갑한테 기가 죽었었지
아직도 그 친구의 이름도 기억이 나
하고 싶은 말이 있어, 씨발놈아 고맙다
네가 아니었으면 난 정말 자만했을지도
지금보다 훨씬 더, 굴욕도 누구에겐 필요한
경험이거든, 난 이제 어른이잖아
자존심이 강한 만큼 다른 곳에 쓰겠다
근데 이건 나의 삶, 또다른 rhyme-과
다른 박자, 다른 경험과 또 다른 사고와 mind를
갖고 사는 사람 나 말고도 많고 많아
모두 다 독특한 인간 안 그러냐 싸이코반아?

(Psycoban 20마디)
말이 나와 말이야,
정말 깜짝 놀랐거든 집에 갔다올 새도 없이

바쁠 때 작업실 있었잖아, 나
며칠 전에 처음 보는 번호로 온 전화를
받자마자 갑자기, "커피 한잔 할래 잠깐?"
순간, '이 새끼 봐라?' 싶었어 나에
대한 정이 깊은 것 같기에
그 사람의 진정성을 무시할 순 없어서
작업실로 오라 했지
정확히 20분 후 문소리가 들렸어
'혹시나 혹시'가 '역시나'로
돈 빌려 달란 얘길 듣자마자
나는 바로, "없어서 못 빌려줘
내가 밥은 사도…"
순간 물밀듯이 밀려든 기억의 파도
광진구에서 서울 밑으로…,
중산층에서 서민으로…
내 가족이 없어보기 전의 얘기
부모님 따로 살기 시작할 때부터 이 생각을 했지
있잖아 열세 살 때 난, 내가 목동 살 때,
날 압박에 빠지게 만든 강요밖에 난 안 보였어
여기선 엄마 피가 섞인 놈,
저기선 아빠 피와 성씨까지 가진 놈이니 만나지 말래
"착한 놈이 될 거 아님 입 닥쳐"라고
강요하는 것만 같아, 돈 빌려달란 그 씨발것도
지금은 가족 문제 따윈 없지만

가끔 이런 놈을 만나면 염산을 찾지

(Swings)
얼마나 화가 나면 저런 말을 하게 될까?
난 착하진 않아도 끊고 싶지 않아 남의 맥박
근데 꼭 누가 눌러 내 머릴 냄비 속으로
넣으려 해, 뒤에서 뿌리고 있지 소금도
방금 쓰다가 만 가사가 하나 있어
쓰다 너무 충격적일 것 같아서 지웠어
그것 말고 차라리 좀더 약한 것을 난
얘기할게, 미국에 있을 때 부모님은 바빴다
어떤 청년 남매들에게 나와 형을 맡겼고
그때 난 세네 살 때였을걸 기억나 아직도
가끔 이유 없이 우리를 데리고 분리하고 난 후
어두운 방에 가둬놓고 악마같이 웃었고
엄마에게 얘기했지 걔네들이 그런다고
애가 어찌 설명하겠어, 엄만 말했지 괜찮아요
아마 그 나이부터 난 뭔가 삐뚤어진 듯해
뭔가 홀로 남겨진 기분 이 세상의 큰 숲에

그래서 무엇이든 혼자서만 하려 했었고
형들한테 맞으러 갈 때 폰을 집에 박았어
혼자서 밥을 먹고, 혼자 싸움질을 하러 다녔어
아버진 바빠, 하루에 5시간만 자고

혼자 술을 마셔, 바텐더들은 나를 잘 알아
혼자 나대다보니 혼자 개쪽 먹고 벌받아
너네도 날 알잖아, 처음부터 지켜봤지
이비아부터 이어져온 많은 사건까지
난 변명 안 할게, 일어난 일은 일어났고
난 그저 더 나은 사람이 되기 위해서 병원을 다녀
나 왜 그러냐고? 글쎄 나도 잘 모르겠어
아직 미친 건 아니래, 의사가 그랬어
모두에게 하는 부탁 내 가족만 욕하지 마
난 숨기려고 하는데 누구는 자꾸만 파
자 내 금고를 열었다, 봐봐 나의 안
내 애가 다 클 때까지 안 생겼으면 해 암

hey, 난 넘어져봐서 아나봐
hey, 내가 꼭 지킬 것은 하나만
모두가 다 똑같죠
돌 던지기 전 먼저 발가벗고
사람들 앞에서 내밀어
진짜 적은 권력남용과 capital
우리는 다 없어 다를 게
이것만은 알려주고 싶어, 딸에게
난 찔릴 게 많은 놈, 이 빵구는 아냐 땀구멍
저 땅속 구멍은 오래전 내가 판 무덤
하지만 아직 아냐, 난 아직 안 들어가

먼저 꼭 해야 할 일이 있어, 꽤 많이 남았다

제8장 딸에게 feat. Dana

(Dana 16마디)
오빠 저 언니 너무 예뻐, 트렌디 fendi hand bag,
하긴 뭔지도 잘 모르지 오빠 안 읽잖아 elle
가만 좀 있어봐, 얼른 그 손 좀 치워
여기서 그러지 말고, 사람들이 보고 있어
이따가 클럽에 갈 때도 하지 마 이상한 짓
내 전남친 그래 그 DJ 일은 미안해 자기
근데 솔직히 걔도 자존심이 있잖아 오빠
헤어진 지 3달 만에 나타나서 너랑 놀다
네가 걔 눈 보면서 내 어깨 핥았잖아
삐진 척하지 마 너 소심한 남자 아냐 다 알아
내가 다 안다고, 문 연예인 치지 좀 마 사고
그렇게 부르는 거 싫지? 연예인, 문 연예인 나도
네가 신경질 부릴 때 정말로 너무 싫어
나 화장실 가야 해 이 돼지야 저리 좀 비켜
너 진짜 조심 좀 하라고, 따라들어오지 마
진짜야 나 어머니한테 너 다 이를 거니까…

(Swings)
어차피 알게 될 거, 아가야 내 음악은
네가 들을 거라고 생각하고 만든 건 아냐
난 지금 26이야, 네가 들을 때쯤이면
난 더 나이 먹어 있을 거야 한 마흔여덟…
그때까진 아빠 음악은 넌 절대 듣지 마
차라리 친구들과 좋은 시간 보내 그 시간에
아빤 늘 널 갖고 싶었어, 모르겠어 이유는
남자의 본능인가봐, 그저 내가 지켜줄
한 작은 생명체, 엄마 몸에서 나온 애
어쩌면 너보다 내가 더 많은 사랑을 필요해할지도
얼른 박차고 나와, 마치 합기도
유치한 말장난을 좋아해, 아빠도 아이죠
네가 크면 내 음악 어떻게 생각할까
최대한 많은 걸 담아낼게요, 애잔함과
웃음과 energy, 젤 중요한 L-O-V-E
저작권료 많이 받아낼 수 있는 melodies
넌 아직 존재하지 않아도 아빠 널 사랑해
최고의 엄마를 구해올게 난 약속해
다시 한번 말하지만 사랑이 가장 중요해
3미터 넘는 사람 없어, 낮춰도 돼 눈높이
내가 키우는 개가 있어 이름은 아리야
네가 나이가 되면 그녀의 새끼도 가질 거다
그럼 너도 엄마 공부하는 거야, 최고의 직업

너희 할머닌 세상에서 제일 착하고 이뻐
할아버진 일 중독자, 아빤 그걸 닮았지
피자 장사 접었지만 우린 안 돼 망한 집
외로운 아이들이 많아, 집보단 피시방
넌 사랑받기 위해 태어난 사람이야 잊지 마
이제 공부 얘기 해보자, 서둘러서 미안해
더 많은 얘긴 너 태어난 이후 다른 시간에
하도록 해보자 일단 이걸로
아침에 학교 가기 전에 이어폰을 귀에 끼워넣고

들어줘, 자 지금 학교 가고 있니?
낙엽이 떨어지니, 아님 혹시 피니 꽃잎이?
모든 인간은 불완전해, 물 새는 봉지야
그래서 이해를 해줘야 해 학교서 혹시나
괴롭히는 선생님이 있어도 좀만 참아줘
남자 선생님이 때릴 경우엔 바로 말하고
애들끼리 싸울 거야, 왕따도 있을 거고
커닝도 하고 고자질하고 또 헐뜯고 서로
자 우린 물 새는 봉지야, 세상은 자동차
그 자동차가 바퀴 하나 터졌다 상상해봐
그리고 달리는 거야, 울퉁불퉁한 도로
정말 불공평한 것 같지만 그래서 다 서로
지켜줘야 해, 모두가 답을 알아
그러니 쉬운 질문에 너무 손 흔들지 마라

난 행동을 많이 했지만 말은 더 많이 했지
이제 네 인생에서 풀어야 할 숙제는 알겠니?
바보들은 절대로 배우지 못한대
똑똑이는 자신의 단점을 고쳐가지
지혜로운 잔 언제나 위에 서 있어
그는 높은 곳에서 남들 실수를 보고 배워
아빠는 바보와 똑똑이 사이를 왔다갔다했지
내가 선수할 테니 딸이 심판해줘 내 얘기
나의 모든 행동에 내가 책임져
넌 아빠가 실수를 할 때 휘슬 불고 책임 물어
그러고 나서 딸아 네가 엄마가 됐을 때
네가 불던 휘슬 아이에게 넘겨, 메게 해
아이가 실수해도 이해해, 사랑하니까
다른 엄마들한테 가서 절대 자랑하지 마
그건 밉상이야, 어차피 내 손자니까 잘나게
돼 있거든… 하! 내가 뭐랬어 거 봐
다음 챕터로 좀 있음 넘어가야 한단다
사람과 사람 관계를 망치는 건 돈이야
그러니까 아빠 말은 다시 삶은 자동차
우린 물 새는 봉지고 빵꾸났어 바퀴 하나
목적이 있지만, 불안하게 달리는 차 뒤
봉지와 봉지를 터뜨리는 건 돈으로 볼 껌딱지
너무 가까워지면 껌딱진 봉지에 붙고 다시
또다른 봉지와 아까 봉지가 붙어서 합치고

중력과 딱지 외에 다른 힘은 밀고 당겨
근데 딱진 아주 어쩔 땐 봉지 빵꾸를 막아서
두 봉지가 합쳐서 서로의 구멍을 땜빵
하기도 한단 말이야, 이게 올바른 결혼생활
껌딱진 없어 편, 엄마의 식칼과 비슷하지
칼 쓰다 손 베었을 때, 잘못한 건 자신
근데 아까 말했던 그 외부의 힘
이 칼 든 이에게 미칠 영향은 매우 세지
운전하는 사람은 도대체 누군지 궁금하지?
확실한 모르지만 난 믿음으로 아니
그리고 차바퀴가 도대체 왜 빵꾸가 났나?
도로에 압정 맨날 던지는 자가 있어, 악마라고
그는 간사하고 죄 지을 땐 안 고민해
아빠 이제 가야 돼, 또 보자, 남자 조심해

(Dana 8마디)
학교에서 여섯 살 많은 오빠가 연락하네
매일매일, 난 중학교 이후로 남자 안 만나봤지
새벽 2시에도 전화 와, 차 타고 왔다고
우리 집앞에 난 엄마가 깰까봐 불안하죠
근데 뭔가 자신감이 넘쳐, 학교에서 친구 많고
근데 애인 많이 사귀었다고 하지만 또 나만 좋다며
이렇게 잘해주는데, 또 유머감각은 king
진 토닉인가 사준댔지, 지금 나갈게요 Swings

제9장 King Swings

여기에 처음 들어온 날부터 나는 자칭 king
내 운명은 바뀌었지 바로 다음날 아침에
평범한 인간에서 족보도 없는 자식됐어
내가 불러 온 재앙이지 단 tornado는 안 피했어
인정하는 사람들이 많아졌어 앨범마다
반대 세력들의 인생은 갈수록 멜로드라마
난 분노와 복수심에 심지가 타고 있었고
그게 내 연료였어, 누구보다 많이 했지 hustle
그러다가 정말로 king이라는 상표가
타칭이 되기 시작했어, 돈도 잘 벌다
여러 회사들이 연락을 주더라 같이 하자고
난 TV에서만 봤던 사람들에게서 일 받고
존경했던 사람들이 내 가사를 내 앞에서
읊조리는데 진짜 된 것 같았어 champion
이건 시작한 지 겨우 2년쯤 됐을 때
날 비웃던 선생, 친구, 가족, 동료, 선배들의
태도는 확 바뀌었어, 동경 아님 질투의 눈으로
비꼬거나 뒤에서 욕하는 소문들 듣고
빡이 돌기 시작했어, 믿을 사람이 참 없구나
누가 먼저 칭찬하면 속으로 "그만 좀 쳐 구라"
근데 나중에 보게 됐어, 내가 건 나의 수갑
머릿속은 열 많았어 뻘겋게 물든 수박

가장 친했던 놈들한테 이용도 당했어
모르는 사람은 몰라도 가까운 사람은 계속
생각이 나더라, 내게 못할 짓을 할 때
저기압에서 하이였다 저기압, 하이 이틀 안에
엄청난 감정기복의 변화, 트위터에다 헛소리
미친듯이 써놓고 다음날 눈물이 고이고
차분하게 생각할 때가 온 것 진정으로
날 생각해준 사람도 밀어냈네, 뒷목 들고
뭐가 또 문젠지 고민해봤어, 그 망할 자존심이
나와 그 사람들과의 화해를 막고 서 있지
또 문제 하나는 과실이 한쪽으로 100퍼센트로
될 수가 없으므로, 그냥 누가 먼저 전화기를 들고
얘기를 해야 할 때가 된 거지, so 난
속을 비우고 많은 이들에게 또 다가가
쉽지는 않았어, 술도 한 모금 필요했지
숟가락 가지고 후벼파야 돼, 속 비워내기를
할 때 말이야, 근데 몇 명은 무덤덤
상처를 또 받게 될 수밖에 없지만 안 던져
이 망할 수건을 좋아했던 사람들 다
가슴에 담아두고 고문하지 않을 거야
죄책감으로부터 자유로워지고 싶어,
너도 나, 모두 다 내가 미워도 괜찮아
아니 안 괜찮아, 시발, 정말로 열받아
너처럼 나도 사실은 맘 먹으면 할말이 많아

근데 다툼이라는 건 이기는 사람은 없대
그냥 둘 다 병신되는 거 한번에 2연패
그래서 할말을 끝낼게 난 미운 맘 안 담아
이미 다 토해낸 지 오래, 이제 전화 좀
난 최고가 되고 싶어, 그것만은 확실해
나도 세뇌아야 너네랑 똑같지, 안 그래?
최고는 한 명밖에 못 해, 그럼 나머지는 loser
우린 회사에 취직하고 월급 받고 살다 죽어
정해진 기준에, 정해준 봉급에,
정해준 인생을 살아야 해, 그들이 누군데?
그러고 나서 상장 한 번 받으면 꼬리를 흔들지
인간은 나약한 존재, 간장 찍는 그릇 크기의
지혜와 지식으로 대학 4년 마치고
몇 년 더 공부해서 따죠 박사학위도
근데 무엇을 위해서, 엄마가 닦달했어?
어떻게 하고 싶은데 진짜로 맘 같아선?
세상이 도는 건지 내가 도는 건지 몰라
자아와 자존감이란 왕관이 망가뜨려 다
분수를 잊지 마, 머리가 몸보다 크면 말이야
쓰러질 때 비웃음이 꽝 소리보다 크단다
내가 그랬으니 이런 말할 수 있는 거야
실패를 맛본 사람 찾는다면 한잔 꺾자
개그맨이 자빠지면 말이야, 아무리 생각해도
이미지가 하락되진 않을 거야, 오히려 그게 더

도움이 될 수 있을걸 근데 상상해봐, 잠깐
한류 스타의 바지가 공항서 찢어지는 순간
그래, 그게 문제야 power
칸예가 자빠진 영상 보고 난 웃음 flower
술 먹을 때 누가 날 보는지 난 몰라
유명하지도 않은데 가끔 막아야 해 고막
쉽게 갈 때도 있지만 이 게임은 너무 어려워
보통 사람들은 자기 잘못을 금방 잊어버려도
쉽지가 않아, 같은 질문을 백번씩 받아
맘속에 담긴 분노 볼까봐 난 눈 못 감아
정말 찔릴 때가 있어, 과대평가 받을 때
"이 형 진짜 쿨해" 난 대놓고 아니라고 말해
근데 이미 얘네들은 나에 대해 판단을
그걸 설명하려면 찌질해지잖아 가끔
난 내 노래에서 이미 설명했는데 충분히
그러다가 소심한 모습 보이면 다들 두 눈이
내 거랑 못 마주쳐, 시발 난 인간 아니냐?
술, 여자, 책 좋아해, 또 가끔 가 카시나
웃긴 얘기 많이 들어, '저 새끼 연예인이
되더니 달라졌지 언행이 안 돼 컨텍이
내가 연예인이었냐 이 병신 새끼들아
난 맨날 축구하고 영화 봐, 영화 엑스트라도
못해, 나 키 170에 얼굴 커
이젠 옛날처럼 술 먹고 바지 벗고도 못 뛰어

그래 그게 내가 평소에 했던 장난들
그래 뭐… 이건 그냥 배부른 소리 한 거고
누구보다 솔직히 CD에 내 맘을 담았어
내 생각엔 우린 하는 만큼 돈을 버는 것도 아녀
그냥 칭찬받고 싶나봐 알고 보면 난 정말
기록 두 번 세웠잖아, 이제 인정 좀 해줘라

제10장 인정해줘라

그래서 이짓 하나봐
세상은 퍼즐, 난 되고파 한 조각
세상은 파이, 갖고파 한 조각
세상은 놀이터, 애들 없음 안 놀아
엄청 추하게 태어났어도 말이야
벌거벗고, 똥오줌도 못 가리다가
갈 때가 되면 장례식에선 사람들
안 울어도 눈시울이라도 붉어졌음
좋겠다고 왜냐 나도 너랑 다를 게
없다고 그저 심장이 뜨끈했으면 해
알잖아, 난 그저 힙합에 영향을
이곳은 병든 아기 난 그저 영양줌
나는 그저 새로운 관점을 그렸지
고흐는 아냐 인정해, 나는 그저 Swings

아이스만 먹으면 차갑지만, 난 그저 cream
그저 무의식 건드렸지, 네가 꾸지 dreams

나는 그저 관심받고 싶어 일하지
나는 그저 인정받고파 like 시나위
죽고 나서도 말이야… B.I.G
내 민족을 위해 멋있고 싶어 비같이
난 자주 넘어져, 그저 일어날 뿐
작지만 필요로 하고 싶어 백미러 같은
남들의 환호를 듣기 위해 뛰는 stunt man
달릴 맛 나게 사기 충전하는 engine
난 그저 사랑하는 여자가 필요해
늑대 같지만 월광 아래 서면 나는 lonely
안 멀쩡해 보이지, 강박증 환자
3주에 한 번쯤 병원에 가서 나는 약 타
환경 탓 할 수도 있지만 건강의 약탈
한 건 못 믿을 걸 알면서도 만나서 논 사탄
독이 들어 있는 걸 알아도 받았지 사탕
예수 형, 받아줘요 드리는 적 사과

내가 세상에서 유일하게도 믿는 남자
날 안 버릴 걸 알아서 자꾸 계속 도망가
그저 착한 종이 되고파
근데 육신이 배고파

날 떠날 놈들만 골라서 붙잡아
내가 취하자마자 나를 놈들 부탄가스
껍데기뿐인 친구들이 너무 많아
돈 때문에 상처받았어 우리 엄마가
그런데 나의 다른 친구들 중에서도
나도 모르게 밀어낸 경우도 있었고
가끔 나의 분노에 내가 익사해서
남들이 알아듣지 못하는 독을 뱉어
제이통아, 난 옛날이 그리워
누나가 그랬었지, 넌 날 존경한다고
이제 형 집엔 절대로 안 오는 거냐
난 그저 인정받고파, 그저 인정받고파

그래 난 인정받고파, 거지같이 구걸해
근데 한 남자 앞에선 고개를 잘 숙였네
이 건방진 자아, 독특한 것만 같나?
내 경력을 알면 누가 도와준지 알 거다
김진태야, aka Verbal Jint
Dr. Dre가 없었다면 Eminem도 없었지
그와 같은 관계로, 날 잘 이끌어줬고
한 번도 변한 적이 없는 한결같은 선배로
내가 인정받고 싶다면 먼저 인정하자
나는 아부 안 해, 칭찬할 때는 꼭 진담만을
모두가 다 알지만 아직 난 아냐 왕은

근데 형 난 구렁이, 이미 넘고 있지 담을
960마디, 모두 형광등 향해 잔을
창작이 고통과 흡혈귀면, 나는 할게 마늘
나는 강해, 나무를 짜서 만들어줄게 관을
모두가 잘 자게 해줄게, 두려움은 없어 밤에

차가운 도시, 아직 아닌데 빙하기
사람은 너무 많아, 장마의 비같이
사람은 많은데 인정은 어디 갔지?
가족은 집에서 기다려, 왜 멀리 가니?
사람은 너무 많은데, 왜 다들 외로워?
소주 한잔이면 될 걸, 의사에게 돈 10배 줘
영혼이 캔버스라면 다들 채우기 바빠
구겨지면서까지, 가끔은 그냥 펴놓고 다려
공부, 취직, 말고도 그냥 살기 위해 살아,
장가 시집 잘 가는 것만이 전부인 줄 알아?
모든 도시에선 웃음을 찾는 건 숨바꼭질
싼값에 행복할 수 있어, 초등학교 앞 뽑기
예어, 웃는 거 다 알아
네가 슬퍼하는 걸 더이상 보고 싶지 않아
그래 나도 솔까 가끔 아니 자주 재수없지
내 인생의 목표는 이제 돈보단 웃음을 벌기

인생은 게임, 신은 심판, 난 받았지 벌칙

너무 욕심내면 안 돼, 건들지 말자 벌집

Hustle real hard like Dok2, 꼭 못 사도 Benz

가치관을 바꾸는 것도 꽤 괜찮은 선택

인정받고 싶다면 넌 허리를 계속 써

침대 위에서 그런다며? 스스로 복을 퍼

마음의 불은 꺼, 머리의 불은 켜

그래 좋은 힘도 써, 성취의 훈장은 달아

머리를 눌러봐, 차라리 발을 굴려봐

이런 라인도 쓰는데 인정 좀 안 할 거냐?

인정머리 없는 것들, 물론 난 할아버진 아냐

인정머리 없는 것들, 노약자석에 계속 앉아

안일하게 살아 난 이제 피자집도 닫았어

그러니까 말이야, 죽어도 너는 아냐 내 알바

근데 수면제지 내 손바닥, 너 잠깐만 일루 와라

한쪽 볼이 심심하지? "짝" 줄게 잘 자

이런 라인들도 쓰는데 아직 인정 안 할 거야?

잡스옹이 조금 꿀려도 따라하지 Microsoft가

근데 사실 난 상황이 좀 달라 꿀리지 않아

파도는 패배를 몰라, 넌 날 절대 못 막아

제11장 절대 feat. Black Nut

그래 날 절대 못 막아, 이제 백 마디 남았어

끝나고 나면 술 먹을 거야 난 절대로 안 자요
내가 최고가 아니면 도대체 누가 할래
경찰이 무서우니까 랩에서만은 깡패가
될 거야 이 찌질이들 너는 나를 막지 못해
나는 망치 너는 못해 나는 변태 넌 속옷 해
수도관 공사판에서 하듯 돌리지 네 꼭지
버스 핸들만한 거 말이야 내가 말하면 넌 보이지?
그래 내 말은 영상이야, 난 필요 없어 TV
난 2011년이야 그러니 필요 없어 CD
그래서 책을 냈어 새끼야, 난 내 꿈을 이룬다고
초딩 때부터 괴롭히던 놈들을 싹 다 글로 까고
난 몸매가 안 좋으니까 안 찍어대지 화보
네가 잠을 자고 있을 때 난 항상 일을 하고
네 알바비로 네 여친과 마시지 아메리카노
너는 갑옷 써 난 갑바, 치워 샅바, 말씨름 하자

너는 아가, 먹어 까까, 나는 바빠, 힙합 각하
나는 박사, 넌 나 박살, 나는 똥, 네 머린 삽이야
나는 망한 사장, 당장 꽐라 택시 타고 집 앞에 왔다,
이상한 소리 나서 살짝, 문 열었는데 웬 벼락이야
넌 바람피우다 걸린 마누라, 바로 옆에서 서 있는 남자
속에 들어 있는 부은 간이야, 쪼그라들어 뒤로 숨어
살려달라고 무릎 꿇어, 눈물을 흘려, 개처럼 울어
고개를 숙여 그래 그러면 난 작두를 들고, 천국으로

올려보내 넌 심판받아, 천사마저도 널 안 좋아해
boss가 버튼을 누르면 넌 자유 드롭 저승으로
난 정신 차려, 처음으로, 내 마누라의 얼굴 보고
깨닫지, 내가 실수한 걸, 난 내 집이 아닌 딴 집 온 걸
알고 보니 너는 강도였어, 그래서 나는 뭐 죄책감 없고
당할 뻔한 그 숙녀를 데리고 나가서 또 한잔 하고
자세히 보니 포미닛 현아 닮아 물어보니 맞다고 한다
또 생각해보니 난 결혼한 적 없어, 내 나이는 겨우 스물여섯

부끄러워 나는 어색한 밤을
보낼까봐 두려워, 내가 귀엽다면서
눈웃음치며 내게 안주를 먹여, 아…
현아씨 절 모르지만 언제든 전화를 걸어
친구가 보낸 현아 춤 모음집도 얻었어
damn 뛰쳐나간 뇌를 겨우 잡아왔네
근데 난 도대체 여기 이곳에 왜 와 있지?
유리밖엔 싸이코반, 영국, 길이, 기사님 다…
걱정하는 표정으로 보는데 정신병원이야?
허… 난 잠깐 쉬다가 올게,
새로운 친구가 등장 KT처럼 올래

(Black Nut 20마디)
클럽의 문이 열리고 모두 말해 "뭐지 저건"
싸늘한 그들의 시선을 한몸에 받으면서

시커먼 무언가가 서서히 등장해
한손엔 마이크로폰 다른 손에 사시미를 쥐고
천천히 걸어오는 자가 누군가
모두 숨죽이고 쳐다봐
다 들고 있던 술잔 내려놔 그는 MC기형아
제일 앞사람부터 천천히 죽여 다 살고 싶음 도망가
하지만 난 그 문 앞에 서 있어 한 번 도망가봐
내 rap에서 느껴지는 악센트 왜냐 내가 뱉는 건 다 '된소리'
클럽 안에 빨간 조명 아래 넌 정육점의 쇠고기
계속해봐라 네 가사 그 계집애를 어떻게 할 건데?
그년이 내게 그러던데 "아 그 존나 빨리 싸던 애"
넌 계속 개소리만 뱉어대고 난 그냥 웃기만 해
반대 세력들 시위마냥 계속해 '데모' 준비나 해
누가 들어 너희 노래?
멈추지 마 내일 또 모레
해가 몇백 번을 뜨고 져도 너흰 계속 그곳에
널 알아봐주지 않는 사람들을 탓해
술판에서 불만 가득한 목소리로 내 이름을 말해
날 꺾겠다고 장담해, 좆같은 랩 서로 칭찬해
아무리 으스대봤자
너흰 곧 '갈무리' like 나훈아의 노래

(Swings)
나훈아 아저씨는 겨우 스무 살 때 데뷔

난 2년이나 늦게 했어 또 덜 익었어 랩이
하지만 하나 약속해, 여자 스타들을 데리고
나랑 사귀었단 소문낼 거야 그저 재미로
나는 원해 파워, 삼성전자에 파업이
나게 할 수 있는 힘과 순금가루로 샤워
할 수 있는 달러를 갖고 살 거야 서울타워
이게 나다워, 일중독자, 랩 잭 바워
오덕들은 스피커로 내 노랠 듣고 말해 와우
관중의 벨소리 듣고 심판은 못 불렀어 파울
페페가 몰래 거기를 밟을 때… 미안해 라울
난 절대자야 인마, 지킬 필요 없어 가오
나는 절대자야 널 데워 먹어 카레 5분
미안 5분 카레, 난 짧게 해도 증명 항상 돼
위닝 좀 한다 해도 넌 못해 45분 만에
짧게 해도 될걸 이 노랜 45분이나 돼

난 말!장난 좋아해, 개새끼!들은 질투해
난 말!갖고 장난쳐, 야생마!들아 도망쳐
내가 싫으면 그냥 넌 좆까 like 카우치
방망이 내려라. 난 심판이야, 넌 그냥 아웃
그래 남자들은 out, 나는 좋아해 여in
이제 다 끝나 가 갖고 와봐라 Tonic과 Gin
yea, 올림픽 메달 따는 기분
앗, 마이크가 불나서 입술 데고

100년 뒤 래퍼들은 말할걸 슝이 랩 애비
배 좀 나왔지, 난 이제 새 역사가 돼지
지붕 뚫린 꽉 찬 천재 학교 건물 재능 넘쳐
기름이 바닥이 나서 못갈 때조차 난 안 멈춰
그래 난 재능이 넘쳐, 마치 특수반
너랑 놀면 떨어지는 것은 나의 급수만
네 제일 친한 친구가 그랬거든… 웁스?
맨날 위닝 지면서 왜 가니 플스방

나보다 잘하는 자를 계속 찾을 바엔
차라리 생수 속에서 칼로릴 찾아
그게 빨라, 아니면 찾아 봐라 bar
술이 싫으면 늘 하던 대로 손가락 빨아
가끔은 일부러 그러지만 넌 작아서 말이야
나도 모르게 네 자존심을 밟고 지나가
날 미워하지 마, 미워해라 네 자신
난 산타가 아냐, 안 채우지 네 스타킹
잠깐 기다려 fans
난 어떤 길 걷고 있어, 그게 끝나면 난 돼 man
끝까지 다 못 가면 거기 뗄 거야 마치 trans
이것 또한 길, 이 긴 노래라는 게
난 그저 새 도전, 새 여자, 새 돈이 필요해
다시 우울해졌어, 허나 I'll be okay
언젠간 분명히 못 느낄 거야, no pain

잠깐만 기다려 약 좀 먹고 올게

4년 지킨 title, 난 punch line idol
대체 걔는 언제 나타나? 이름이 뭐였냐 걔, rival?
rival 보고 전해, "기다려 내 rifle가 널…"
점령해도 나치도 못 건드려, Eiffel Tower
파리바게트 먹고 살 찌고 이젠 날 알아 파리
봉쥬르, 올라, 니 하오, Do I love my ladies? 하이
내 이름은 Swings 이 나라 rap game의 King
여기선 더 할 거 없음 좇자! American Dream

이 책을 정말로 다 읽었다면 당신은 변했다고 내가 장담한다. 이제 나가서 래퍼가 되든 의사가 되든 화가가 되든 상관없고, 하고 싶은 것을 꼭 하길.

파워

© 스윙스, 2014

1판 1쇄 발행 2014년 11월 25일
1판 8쇄 발행 2020년 12월 14일

지은이 **스윙스**

엮은이 **이혁진**
책임편집 **이희숙**
편집 **박선주**
디자인 **엄자영 이보람**
마케팅 **백윤진 이지민** I 홍보 **김희숙 김상만 함유지 김현지 이소정 이미희**
제작 **강신은 김동욱 임현식**

펴낸이 **이병률**
펴낸곳 🌑
출판등록 **2009년 5월 26일 제406-2009-000034호**

주소 **10881 경기도 파주시 회동길 455-3**
✉ **dal@munhak.com**
🐦f📷 **dalpublishers**
전화번호 **031-8071-8682**(편집) I **031-8071-8671**(마케팅) I 팩스 **031-8071-8672**

ISBN **978-89-93928-78-5 03810**

• 이 책의 판권은 지은이와 ㈜달에 있습니다.
  이 책 내용의 전부 또는 일부를 재사용하려면 반드시 양측의 서면 동의를 받아야 합니다.

• 이 도서의 국립중앙도서관 출판시도서목록(CIP)은
  서지정보유통지원시스템 홈페이지(http://seoji.nl.go.kr)와
  국가자료공동목록시스템(http://www.nl.go.kr/kolisnet)에서 이용하실 수 있습니다.
  (CIP제어번호: CIP2014032619)